아담과 이브의 다이어리
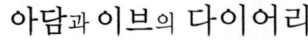
The Diaries of **Adam** and **Eve**

아담과 이브의 다이어리
The Diaries of Adam and Eve

초판인쇄 2016년 7월 11일
초판발행 2016년 7월 22일

지은이_ 마크 트웨인
옮긴이_ 박동욱 · 김금순
그린이_ 채희정
디자인_ 이현자
발행인_ 김현길
발행처_ 도서출판 문파랑

등 록_ 제313-2006-000253호
주 소_ 서울시 은평구 은평로2길 19 (동진B 301호)
전 화_ (02) 3142-3827
팩 스_ (02) 6442-0839
E-mail_aveva@naver.com

값 10,000원

ISBN 978-89-94575-51-3 03840

이 도서의 국립중앙도서관 출판예정도서목록(CIP)은 서지정보유통지원시스템 홈페이지(http://seoji.nl.go.kr)와 국가자료공동목록시스템(http://www.nl.go.kr/kolisnet)에서 이용하실 수 있습니다. (CIP제어번호 : CIP2016016887)

아담과 이브의 다이어리
The Diaries of Adam and Eve

작가 **마크 트웨인** | 공동번역 **박동욱 · 김금순**

The Diary

of

Adam

아담의 다이어리
The Diary of **Adam**

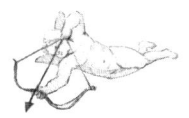

깊은 잠에서 깨어났을 때,
나는 이제 혼자가 아니었다.
긴 머리를 늘어뜨린,
새로운 피조물 하나가 거기 있었다.

일요일
Sunday*

 정신을 잃었던 동안 내게 별별 일이 다 일어났었나 보다. 나는 왼쪽 가슴에 상처 자국이 나 있는 것을 발견했다. 흉터는 아프지 않았지만, 이 새로운 피조물의 첫 등장부터 흉터와 함께 한다는 사실이 벌써부터 내게 그다지 반가운 일을 기대하지 못하게 한다.

월요일
Monday＊

긴 머리의 피조물은 내가 어디를 가나 거치적댄다. 그것은 언제나 나를 기다리고 있거나 내 뒤를 따라다닌다. 그러는 게 나는 싫다. 나는 누구와 사귀는 일에 익숙지 않다. 그것이 좀 더 다른 동물들 곁에 머물러줬으면 좋겠다.

오늘은 구름이 끼고, 동쪽에서 바람이 분다. 아마도 우리는 비를 맞을지 모르겠다. 우리라니? 대체 이런 말을 내가 어떻게 알게 되었지?

아, 이제야 기억난다. 그 새로운 피조물이 항상 그런 말을 썼었지.

화요일
Tuesday*

새 피조물은 쉬지 않고 수다를 떤다. 그것은 무엇보다 만물에 이름을 짓느라 정신없다. 이 땅에서 가장 굉장한 폭포수를 나이아가라 폭포라고 부른다. 왜 그렇게 부르는지 나는 모르겠다. 그 폭포가 나이아가라 폭포로 불러야만 할 것같이 보일 뿐이란다. 그건 이유가 안 된다. 단지 제멋대로인 바보 같은 소리에 불과하다.

나는 사물에 스스로 이름을 지을 기회가 사라지고 말았다. 내가 미처 다른 의견을 말하기도 전에 그 새 피조물은 마주치는 것이 무엇이든 모조리 이름을 붙인다. 그리고 늘 똑같은 이유를 댄다. 그것이 그렇게 보인다는 것이다. 예를 들면 어느 새가 있다. 그 새를 본 순간, 첫눈에 그 새가 '도도새'처럼 보인다나. 이제 틀림없이 이 이름은 그 새에 따라다닐 것이다. 어쨌든 이 때문에 마음 졸이고 화내는 것은 좋지 못하다. 하지만 도도새라니! 도대체 왜 그 새가 도도새처럼 보이냔 말이다.

수요일
Wednesday*

비를 피할 집을 지었다. 그러나 그곳에서 혼자 평화롭게 살 수는 없게 되었다. 그 새로운 피조물이 쳐들어온 것이다. 내가 그것을 밖으로 내보내려고 했을 때였다. 그것은 두 눈에 물을 흘리더니 손등으로 얼굴을 닦아내면서 마치 일부 동물들이 위험에 처했을 때 그러는 것처럼 무슨 소리를 내었다.

말만 없어도 좋겠는데, 그것은 항상 수다스럽다. 그러니까 내가 마치 이 불쌍한 피조물을 비웃거나 헐뜯으려는 것처럼 들리는데, 나는 지금껏 사람이 내는 소리를 들어본 적이 없다. 따라서 이 꿈꾸는 듯한 고독 속의 장엄한 정적을 깨뜨리는 그 어떤 새롭고 낯선 소리도, 그 자체로 가락이 맞지 않는 선율처럼 귀에 거슬린다. 게다가 그 새로운 소리는 내게서 아주 가까운 곳, 내 어깨 바로 곁에서나 바로 귓가에서 들려온다, 처음엔 한쪽에서 그리고 다음엔 반대편에서. 나는 그보다는 어느 정도 떨어진 곳에서 들리는 소리에만 익숙하지 않은가.

금요일
Friday*

  내가 아무리 막아도 그것의 이름 짓기는 무모하게 계속된다. 나는 이 땅에 대해 아주 훌륭한 이름을 붙였었다. 그 이름은 음악적이고 아름다운, 에덴동산이었다. 나 혼자서는 여전히 그 이름으로 부르지만, 이제 공공연하게는 그 이름을 쓰지 않는다. 그 새로운 피조물이 말하길 이곳은 모두 숲과 바위와 자연 경치뿐이라서 결코 동산이라고 할 수 없으며, 동산보다는 오히려 공원에 가깝게 보인다는 것이다. 그러더니 결국 나와는 상의 없이 이 동산에다 나이아가라 폭포공원이라는 새 이름을 만들어 버렸다. 이것은 매우 고압적인 처사라고 생각한다. 뿐만 아니라 그 피조물은 벌써 푯말도 하나 세워 놓았다.

 잔디밭 출입금지

내 삶도 예전처럼 행복하지 않다.

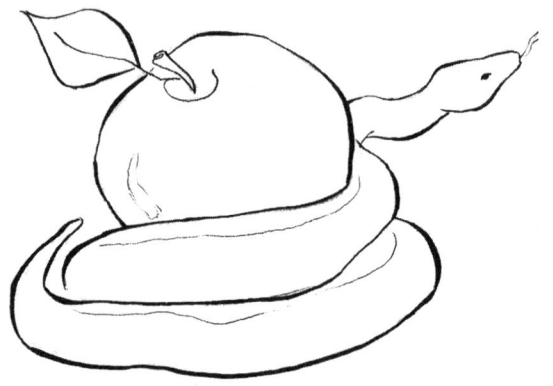

토요일
Saturday*

　새 피조물은 과일을 너무 많이 먹는다. 이러다가 우리는 어쩌면 먹을 게 부족하게 될지도 모른다. 우리라니? 내가 또 우리란 말을 썼단 말인가? 그 말을 하도 많이 들었더니 나도 모르게 입에서 튀어나왔는가 보다.

　새 피조물은 우리한테 먹는 것이 금지된 사과가 있다는 말을 들은 뒤부터는, 그 사과를 먹으려는 위험한 욕망을 드러내보이곤 한다. 다만 날씬한 몸매를 위해서 과일을 먹을 뿐이라고는 하나, 그 피조물은 도대체가 위험한 일을 몹시 즐기는 듯하다. 자기의 날씬한 몸매를 위해서라면 낙원조차도 희생할 수 있다는, 그것의 논리를 보여주는 전형적인 또 한 가지 사례이다.

　오늘 아침 짙은 안개가 끼었다. 안개 낀 날엔 나는 밖에 나가지 않는다. 그러나 그 새로운 피조물은 외출을 포기하지 않는다. 아마 호기심 때문일 것이다! 그것은 날씨가 어떻든 나갔다가 진흙투성이 발로 돌아온다. 그리고는 줄곧 지껄인다. 전에는 이곳이 그렇게도 즐겁고 조용했었는데 말이다.

일요일
Sunday*

 일주일이 무사히 지나갔다. 언제부터인가 일요일이 점점 힘들어진다.
 오늘 아침, 그 새로운 피조물이 금단의 나무에 열린 사과를 향해 흙덩어리를 던지다가 내게 들켰다.

월요일
Monday*

    그 새로운 피조물은 자기 이름이 이브라고 한다. 아무렴 어떤가, 나는 반대할 뜻이 없다. 내가 자기를 가까이 오라고 부를 때 그렇게 부르지 않으면 안 된다고 그것이 말하기에, 나는 그렇다면 그 이름은 완전히 불필요한 것이라고 대답했다. 불필요라는 이 말은 그 새로운 피조물에게 나에 대한 존경심을 확실하게 높여주었다. 실로 이 말은 쓸모 많은 유익한 단어이니 앞으로도 종종 사용해야겠다.

    그 새로운 피조물은 자기가 '그것'이 아닌 '그녀'라고 주장한다. 그 주장이 정말인지는 의심스럽지만, 여자든 뭐든 나에겐 모두 마찬가지다. 그녀가 다시 제 갈 길을 간다면, 그리고 나를 따라다니며 지껄이지만 않는다면야 여자가 무엇이든 나와 무슨 상관이 있으랴!

화요일
Tuesday*

   그녀는 이 땅을 온통 구역질나는 푯말과 거슬리는 이름들로 혐오스럽게 만들어 놓았다. 예를 들면 이런 식이다.

소용돌이 명소
염소 섬 방향
바람의 동굴로 가는 길

   그리고 하는 말이, 만약 손님이 몇 명 있으면 이 공원은 매력적인 여름 휴양지가 될 거라나. 여름 휴양지라니! 이 역시 그녀가 지어낸 말들 가운데 하나다. 말, 말들— 온통 무의미한 말뿐! 여름 휴양지가 도대체 뭐란 말인가?
   하지만 나는 차라리 이 문제를 덮어두는 게 좋겠다. 자칫 질문했다간 큰일이다. 그녀는 무슨 일이든 가능한 한 소상하고 호들갑스럽게 설명하려는 욕망이 불타오르니까.

금요일
Friday*

　요즈음 그녀는 내게 폭포 위를 건너다니지 말라고 애원하고 있다. 그러는 게 뭐가 나쁘단 말인가? 그때마다 그녀는 번번이 불안에 떨게 된다고 한다. 여자가 왜 그러는지 도무지 모르겠다. 그건 내가 이제껏 늘 해온 일이 아니냐! 나는 폭포로 뛰어들면서 짜릿한 흥분과 시원함을 만끽하곤 했었다. 폭포란 바로 그러기 위해서 존재하는 것 아닌가! 적어도 나는 지금껏 그렇게 믿어왔다. 그러나 그녀는 폭포도 마치 코뿔소나 코끼리처럼 오로지 그림 같은 풍경을 위해서 존재한다고 주장한다. 자기 마음에 흡족한 사물에 대해서 곧잘 그렇게 표현하듯이, 그녀는 그 폭포가 사랑스럽고 매력적이라고 한다. 그런데 내겐 그녀의 존재가 결코 사랑스럽지도 더구나 매력적이지도 않다.

나는 배불뚝이 둥근 통을 타고 폭포를 건넜는데, 그 일이 그녀의 마음을 졸이게 했다. 그래서 이번엔 속이 움푹 파인 통을 타고 건넜는데, 그래도 여전히 불안한 눈치였다. 나는 무화과 나뭇잎의 옷차림으로 소용돌이와 급류를 헤엄쳤다. 그 탓에 상처를 많이 입었다. 상처를 본 그녀는 나의 무모한 행동에 대해서 지루한 불평을 늘어놓았다. 이곳에서 나는 간섭을 지나치게 많이 받고 있다. 곧 장소를 바꾸는 게 나를 위해서, 그리고 내 어휘력 향상을 위해서 좋을 듯하다.

토요일
Saturday*

 지난 화요일 드디어 도망쳐 나왔다. 이틀 동안 돌아다닌 끝에 한적한 곳에다 새로운 집을 지었다. 나는 발자국을 지울 수 있는 데까지 지워 버렸다. 그런데 그녀는 자신이 늑대라 부르며 길들인 동물을 이용해서 나를 찾아내었다. 그녀는 나를 보자, 다시 그 불쌍한 소리를 내더니 두 눈에서 물을 흘렸다.
 어쩔 수 없이 그녀와 함께 우리의 옛집으로 돌아가는 수밖에 없었다. 하지만 기회가 오면 바로 떠날 생각이다. 영원히!
 그녀는 온통 말도 안 되는 문제들에 열중하고 있다. 예를 들면 사자와 호랑이로 불리는 동물들은, 이빨이 마치 서로 잡아먹어야 할 것처럼 생겼는데도, 그들은 왜 풀과 꽃을 먹고 사는지 그녀는 알아내고자 했다. 이 얼마나 바보 같은가! 왜냐하면 그것은 서로 죽이는 것을 의미한다. 그렇게 되면 내가 알기로 이른바 죽음이란 것이 이곳에 들어오게 될 것이다. 그런데 내가 들은 바로는, 죽음은 지금까지 이 공원 안으로 들어오지 못한다. 어떤 의미에서 그건 유감스런 일이긴 하지만…….

일요일
Sunday*

오늘도 무사히.

월요일
Monday*

왜 일주일에 엿새의 평일이 있는가 알 것 같다. 그것은 일요일의 지루함에서 벗어나 기력을 회복할 시간을 주기 위해서다. 참으로 기발한 생각인 거 같다. 나를 앞서 그 누구도 이를 착안했을 리 없다. 그러므로 스스로 이 새로운 착상에 독창성을 인정하지 않을 수 없다. 이러한 불변의 사실이 내게 큰 위안과 이 일기를 계속하게 하는 용기를 준다.

또 그녀는 그 금단의 나무에 기어올랐다. 흙덩어리를 던져 그녀를 나무에서 내려오게 했다. 아무도 보는 사람이 없는데라고 그녀가 말했다. 아무도 안 보면 위험한 일을 저질러도 충분히 정당화할 수 있다고 생각하는 듯하다. 그녀에게 그 말을 했다. '정당화'라는 말은 그녀의 감탄을 자아냈다, 그리고 내 생각에는 부러움도. 사실 그 말은 훌륭한 어휘이다.

그러자 갑자기 그녀는 단지 내가 자기처럼 재빠르게

나무를 기어오르지 못하니까 그 일에 반대할 뿐이라고 말했다. 마침내 나는 재주가 부족한 것도, 겁쟁이도 아니라는 걸 증명하기 위해서 그녀와 둘이서 다시 한 번 그 나무에 기어오르지 않으면 안 되었다.

화요일
Tuesday*

그녀는 자기가 내 몸 안의 갈비뼈 하나로 빚어졌다고 이야기했다. 이로써 그녀는 자기 존재에 대한 책임을 나에게 전가하려는 것 같다. 설령 이것이 사실이라고 해도 적어도 이 이야기는 의심할만하다. 나는 갈비뼈를 잃어버린 적이 없으니까 말이다. 그렇지만 또 한편으로는 그 흉터를 간과할 수도 없다. 어쨌든 이브의 출생과 과거에는 여전히 상당한 의문점이 많다. 이 또한 나에게는 그녀의 특징을 잘 나타내는 예인 것 같다.

그녀는 말똥가리 때문에 많은 고민에 빠져 있다. 말똥가리에게 풀은 먹이로 맞지 않다면서, 그 새는 썩은 살코기를 먹고 살아야 한다고 주장한다. 그녀는 말똥가리를 기를 수 없을까 봐 걱정이다. 하지만 내 생각에 말똥가리는 주어진 환경에서 최선을 다해 살아가야 한다. 우리는 말똥가리의 편의를 도모하고자 이 세계에 대한 모든 설계를 전복시킬 수 없다.

토요일
Saturday*

 어제 그녀는 연못에 비친 자기 모습을 보고 있다가— 그것은 그녀가 항상 하는 일이었다— 거기에 빠졌었다. 그녀는 거의 질식사할 뻔했는데, 아주 불쾌한 경험이었다고 말했다. 이 사건으로 그녀는 물속에서 사는 생물을 가여워했다. 그녀는 그들을 물고기라고 불렀다.

 그녀는 만물에 이름 짓기를 계속하고 있었다. 그들은 이름을 필요로 하지 않는다. 왜냐하면 그녀가 그 이름으로 불러도 그들은 한 마리도 오지 않으니 말이다. 하지만 그녀에게는 그런 일은 전혀 문제될 것이 없다. 그녀는 지칠 줄 모르고 계속해서 이름을 부르는 것이다! 어쨌든 그런 걸 보면 그녀가 바보 같다.

 어제 저녁 그녀는 많은 물고기를 물에서 건져 올렸다. 그리고 그들을 따뜻하게 해주겠다며 내 침대 속에 집어넣었다. 온종일 나는 이따금 침대 위의 물고기를 살펴보았다. 그런데 그들은 전보다 결코 조금도 더 행복해 보이지 않았다. 다만 조용해졌을 뿐이다. 밤이 오면 나는 그들을 문 밖으로 던져버릴 것이다. 나는 다시는 물고기와 같이 잠자지 않겠다. 그들은 끈적끈적 미끈거려서 그 사이에 누우면 기분이 나빠진다. 특히 아무 옷도 몸에 걸치지 않은 때에는.

일요일
Sunday *

오늘도 무사히.

화요일
Tuesday*

  이제 그녀는 뱀과 친하게 지낸다. 다른 동물들은 이 일을 기뻐한다. 그녀가 늘 실험한답시고 동물들을 성가시게 했기 때문이다. 나도 기쁘다, 뱀이 말을 할 줄 알아서 그 덕에 이렇게 휴식을 취할 수 있으니까.

금요일
Friday*

   그녀는 뱀이 자기에게 금단의 과일을 맛보라고 권했다고 한다. 그 결과가 아주 굉장하고 멋진, 훌륭한 경험이 될 거라는 그녀의 말에, 나는 그 일이 또 다른 결과를 가져오게 될 것이라고 말했다. 곧 죽음을 이 세계에 끌어들이게 될 거라고 대답했다. 하지만 이 말을 한 게 실수였다. 차라리 혼자 생각으로만 가지고 있는 편이 더 나았을 텐데. 그 말은 그녀에게 새로운 생각을 불러일으켰을 뿐이다.

   그렇게 되면 병든 말똥가리를 구할 수 있고, 풀이 죽어 기운 없는 사자와 호랑이에게 신선한 고기를 먹이면 될 거라는 따위의 생각을 말이다. 나는 그녀에게 그 나무 근처에도 얼씬거리지 말라고 충고했다. 그렇지만 그녀는 그럴 생각이 없다고만 대꾸했다.

   결국은 아직 내가 자기의 연인도 아니면서 뭘 그러느냐 거다. 틀림없이 그녀는 그런 말을 함으로써 나에게 우리

둘 사이의 관계를 인정하게 하려는 의도를 가졌던 것 같다. 그러나 나는 그녀의 도발적인 말을 전혀 못 들은 척했다. 무슨 안 좋은 일이 일어날 것만 같다. 어쩌면 이곳을 떠나게 될지도 모르겠다.

수요일
Wednesday *

 우여곡절 많은 며칠이 지나갔다. 지난밤 나는 집을 뛰쳐나왔다. 말이 달릴 수 있는 한 전속력으로 밤새도록 달렸다. 재앙이 시작되기 전에 동산에서 멀리 달아나 다른 땅에 숨어들 수 있기를 바랐다. 하지만 그렇게 되지는 않았다.

 해가 뜨고 한 시간쯤 지났을까. 말을 타고 들꽃이 만발한 평원을 지나고 있을 때였다. 그곳은 언제나처럼 수천 마리 짐승들이 풀을 뜯거나 졸거나 하면서 사이좋게 놀고 있었다. 그런데 짐승들이 갑자기 사납게 으르렁거리며 삽시간에 그 초원은 소름끼치는 광란의 싸움판으로 변했다. 모든 동물들이 서로 상대를 죽이고 있었다. 나는 무슨 일이 벌어지고 있는지 알 수 있었다. 이브가 금단의 열매를 먹었고 죽음이 이 세상에 들어온 것이다. 호랑이들은 그만두라는 내 명령에도 불구하고 내가 탄 말에 달려들어 잡아먹었다. 자칫 내가 머무적거렸으면 심지어 그들은 나까지 먹어치웠을 것이다. 나는 간신히 위기를 모면할 수 있었다.

  동산 밖에서 제법 마음에 드는 장소를 찾아내어 며칠 동안은 아주 편안히 지냈다. 하지만 이곳 역시 그녀가 나를 찾아내고야 말았다. 나를 찾자마자 그녀는 이곳의 이름을 토나완다*로 짓고는, 물론 이곳이 그렇게 보이기 때문이라고 했다.

  이 순간, 나는 그녀에게 전혀 다른 화제에 관해서 할 얘기가 있었는데 말이다. 그녀는 결국 모든 것을 망치지 않았는가. 그런데 이상하게도 그녀를 상대로 화를 내려 해도 그게 잘 되질 않았다. 터무니없지만, 바로 이 마땅치 않은 순간에 이브에 대한 내 감정의 변화가 일어난 것이다. 실은, 그녀가 온 게 나는 싫지만은 않았다. 여기서는

---

* 토나완다Tonawanda_ 미국 뉴욕주에 있는 도시 이름.

먹을 것을 구하기 힘들었는데 다행히 그녀가 사과를 몇 개 가져왔기 때문이다. 나는 그 사과를 먹지 않을 수 없었다. 나는 그처럼 굶주렸었다. 이것은 내 원칙을 스스로 어기는 일이었다. 그러나 이로써 나는 새로운 진리 하나를 알게 되었다. 굶주림 앞에서 원칙은 무력하다!

요즈음 이브가 매우 유혹적으로 보인다고 생각하는 자신을 종종 발견하게 된다. 특히 내 것과 그녀의 것이 같지 않은 몸의 부분들이 무척 매력 있게 느껴진다. 그녀는 이곳에 올 때부터 나뭇가지와 나뭇잎으로 몸을 가렸기 때문에 나는 그런 부분을 자꾸 생각하지 않을 수 없다. 그 바보 같은 꼴은 뭐냐고 물으면서 나는, 그녀의 몸에서 나뭇잎 따위를 와락 잡아채서 던져버렸다. 그러자 그녀는 몸을 떨기 시작하더니 얼굴이 빨개졌다. 나는 지금껏 인간이 그처럼 몸을 떨면서 낯을 붉히는 것을 한 번도 본 적이 없다. 그 모습은 나에게 보기 흉하고 바보

스럽게 보였다. 그녀는 내가 곧 그 이유를 알게 될 것이라고 했다.

　그녀의 말이 옳았다. 나는 배가 몹시 고팠는데도 반쯤 먹다 남은 사과를— 이제까지 먹어본 것 중에서 가장 맛있는 사과였다. 더구나 끝물임에도— 땅에 내려놓고, 스스로 팽개쳐 버렸던 나뭇가지와 나뭇잎으로 내 몸을 가리기 시작했다. 그러고 나서 나는 그녀에게 그렇게 수치심도 모르는, 발가벗은 몰골로 있지 말고 나뭇잎을 더 주워 와서 몸을 가리라고 격분한 목소리로 명령했다. 그녀는 시키는 대로 했다.

　나중에 우리는 동물들이 서로 싸움을 벌였던 곳으로 조심스럽게 몰래 다가갔다. 그곳에서 우리는 짐승 가죽을 몇 장 집어 왔다. 나는 그녀에게 공식적인 자리에 어울리는 옷 두 벌을 만들라고 시켰다. 사실, 그 옷들을 걸치면 불편하다. 하지만 옷맵시는 난다. 그것은 옷을 입는 제일

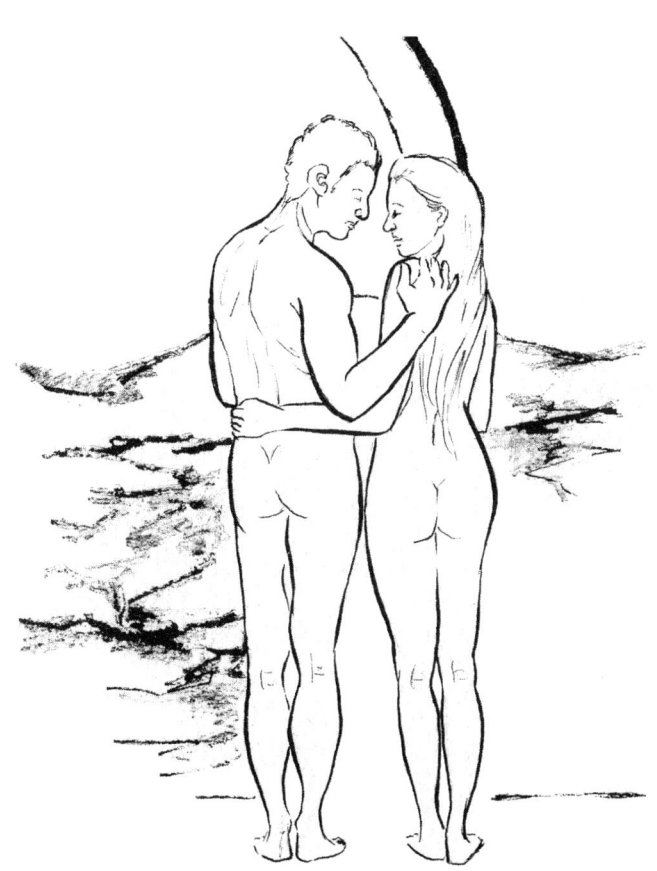

중요한 이유이다.

  나는 그녀가 참 좋은 반려자라는 걸 깨달았다. 그녀가 없다면 나는 외롭고 우울할 것이다. 우리의 동산을 잃어버린 뒤로는 더욱 그러하다. 뿐만 아니라 그녀는 우리가 앞으로 먹고 살기 위해서는 일을 하지 않으면 안 되도록 정해졌다고 한다. 그녀는 여러 모로 도움이 될 것이고, 나는 그녀를 보살피고 감독할 것이다.

그로부터 **열흘** 뒤
Ten days later*

그녀는 우리가 이렇게 된 게 다 내 탓이라며 나에게 죄를 뒤집어 씌었다! 뱀이 그녀에게 말한 금단의 열매는 확실히 사과가 아니라 밤이었다나. 그녀의 사뭇 진지한 태도를 보니 정말인 것 같다. 나는 밤은 하나도 먹지 않았으니 나에겐 죄가 없다고 말했다. 그러자 그녀는 뱀이 말하길 '밤chestnut'이란 말에는 비유적인 의미로 '식상하고 케케묵은 농담'이라는 뜻도 있다고 했다. 그 말을 듣고 나는 얼굴이 하얗게 질렸다. 왜냐하면 나는 무료한 시간에는 여러 가지 농담을 지어내곤 했기 때문이다. 솔직히 내 생각에는 내 농담은 모두 참신하지만, 그 중 어떤 농담은 진부한 것일 수도 있었기 때문이다. 그녀는 나에게 대재앙을 맞았을 그 당시에 혹시 내가 농담을 하지 않았는지 물었다. 나는 그렇다고 인정하지 않을 수 없었다. 그렇지만 그 농담은 나 자신에게 한 것이지 큰 소리로 말한 것은 아니었다. 그것은 이런 내용이었다. 때마침 나는 폭포에 대해서 생각하는 중이었고 혼잣말을 했다.

"저 웅장한 폭포수가 떨어지는 걸 보니 정말 굉장하구나!"

그 순간 섬광처럼 한 생각이 뇌리에 스쳤고 나는 떠오르는 대로 말했다.

"저 폭포가 위로 솟아오르는 걸 보면 훨씬 더 멋질 텐데!"

바로 그때, 내가 한 우스갯소리에 배꼽을 잡고 웃어대는 순간 온갖 짐승이 서로 싸우고 죽이는 아수라장이 벌어졌다. 나는 죽어라 도망쳐야만 했었다.

"그것 봐."

그녀는 승리감에 도취된 듯 말했다.

"바로 그거야. 뱀이 말한 농담은 바로 그런 거였어. 뱀은 그것을 최초의 농담Chestnut이라고 했고, 농담은 천지창조와 더불어 존재하는 것이라고 했어."

아아 슬프다, 다 내 잘못이다. 나에게 유머만 없었던들, 반짝하는 생각만 없었던들!

그로부터 **석 달** 뒤
Three months later*

토요일
Saturday*

  그녀가 아직 얼마나 어린가를— 그녀는 단지 소녀에 지나지 않으니까— 아마도 나는 반드시 기억해야 할 것 같다. 그리고 더욱더 그녀에게 너그러워져야겠다. 그녀는 매사에 감흥을 느끼고, 열정적이며 쾌활함으로 가득 차 있다. 그녀에게 세상이란 오로지 매력과 경이, 신비와 기쁨 그 자체이다. 그녀는 새로운 꽃 한 송이를 발견할 때마다 기쁨을 감추지 못한다. 그 꽃을 어루만지고 애무하며, 입맞추고 냄새 맡으며, 꽃한테 말을 붙이고 사랑스런 이름을 지어주기도 한다. 게다가 그녀는 색채에도 열을 올리고 있다. 갈색 바위, 노란 모래, 회색 이끼, 푸른 나뭇잎, 파란 하늘, 진주 빛깔의 새벽, 산 위에 드리워진 자줏빛 그림자, 해질녘 짙은 다홍빛 바다 위에 떠 있는 금빛 섬들, 조각구름 사이로 헤엄치는 창백한 달, 광막한 우주 공간에서 보석처럼 반짝이는 별들…….

  그런데 이런 것들 모두 내가 아무리 생각해봐도 실질

적인 가치가 없는 것뿐이다. 그러나 그녀는 그것들이 독특한 색깔과 고유한 아름다움을 지니고 있다는 그 이유 하나만으로도 충분한 가치가 있다는 것이다.

도대체 왜 그녀는 마음을 차분히 가라앉히고 잠깐이라도 침묵을 지킬 수 없는 것일까? 그것은 정말로 평온한 광경일 텐데 말이다. 그런 경우라면 그녀를 바라보는 것이 내게 즐거움일 수도 있겠다. 아니, 참으로 그럴 것이라고 확신한다. 왜냐하면 그녀가 매우 아름다운 피조물이라는 사실을, 나는 차츰 깨닫게 되었기 때문이다.

나긋나긋하고 날씬하며, 둥글둥글하고 군살이 없으면서, 맵시 있고, 민첩하며 우아한 모양이 그렇다. 어느 날 그녀는 대리석 조각상처럼 흠뻑 햇빛을 받으며 둥근 표석 위에 서 있었다. 머리를 젖히고 손차양을 하면서 하늘을 나는 새 한 마리를 지켜보고 있던 참이었다. 그때 나는 그녀가 아름답다는 걸 알아보았다.

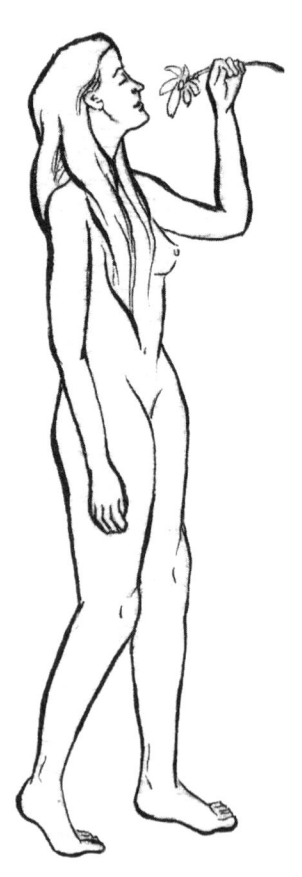

월요일
Monday *

 이 지상에서 그녀가 흥미를 느끼지 않는 것은 하나도 없다. 내게는 무관심한 동물도 그녀한테는 그렇지 않다. 그녀는 어떤 동물도 차별하지 않고 모두 받아들이며 한 마리 한 마리를 보물처럼 여기며 새로운 동물이 찾아올 때마다 환영한다.

 그 거대한 공룡 브론토사우루스*가 우리 집 쪽으로 성큼성큼 걸어왔을 때 그녀는 그것을 뜻밖에 횡재라고 보았다. 하지만 나는 예기치 못한 재난으로 생각했다. 이것은 우리 두 사람의 견해가 얼마나 다른지 보여주는 전형적인 사례이다. 그녀는 그 공룡을 길들이기를 원했다. 반면에 나는 공룡에게 여기를 내주더라도 다른 곳으로 떠나고 싶었다. 그녀는 공룡을 부드럽게 다루면 잘

---

* 브론토사우루스Brontosaurus_ 용반류龍盤類의 공룡. 몸의 길이는 20~25미터, 몸무게는 32.5톤으로 추정되며, 중생대 쥐라기에 번성하였다. 머리가 작고 몸통은 크며, 꼬리는 끝 쪽에서 회초리처럼 가느다랗게 되어 있다. 물가에서 수생 식물을 먹고 살았다.

길들일 수 있고, 그러면 멋진 애완동물이 될 수 있을 거라고 믿었다. 그렇지만 높이 6미터에 길이가 25미터나 되는 짐승을 집에서 기를 만한 적당한 곳이 어디 있겠느냐고 나는 그녀에게 말했다. 심지어 그놈에게 최대의 선의를 가지고 생각해봐도, 설사 그놈이 아무런 악의도 품지 않는다 해도 우리 집 위에 앉아버리면 집은 짓이겨질 텐데 말이다. 그놈의 눈만 봐도 얼마나 멍청한 동물인지 알 수 있으니 말이다.

그럼에도 그녀는 그 괴물을 기르기로 마음을 굳혔고, 그 생각을 결코 포기하지 않았다. 그녀는 우리가 그 공룡으로 낙농을 시작할 수 있을 것이라 생각했다. 그리고 젖을 짤 때 내가 도와주었으면 했다. 하지만 난 그녀를 돕지 않을 것이다. 그 일은 너무 위험하다. 게다가 그놈이 수컷인지 암컷인지도 모른다. 뿐만 아니라 우리에게는 그놈의 젖이 있는 데까지 올라갈 사다리도 없잖은가?

이번에는 또 그녀는 그놈을 타고 올라가서 주위 풍경을 둘러보고 싶어했다. 9미터 내지 20미터나 되는 그놈의 꼬리가 쓰러진 나무처럼 땅 위에 드리워져 있는 것을 보고 그녀는 기어오를 수 있다고 생각했다. 하지만 그녀의 착각이었다. 그녀가 가파른 곳에 다다랐을 때 그놈의 몸이 너무나 매끄러워서 그만 아래로 떨어져버린 것이다. 내가 그 자리에 없었더라면 크게 다칠 뻔했다.

이쯤 되면 그녀도 만족했을까? 천만에, 그렇지 않다. 그녀는 자기가 생각한 것을 직접 검증하지 않고서는 도대체 만족할 줄 모른다. 실험해보지 않은 이론은 그녀의 성미에 맞지 않는다. 그런 것은 알려고도 안 한다. 사실 이런 그녀의 태도가 옳다는 걸 나도 인정한다. 그녀의 견해에 마음이 끌리며 설득력이 있다고 생각한다. 그녀와 함께 더 오래 지내다 보면 그녀의 이러한 생각이 나 자신의 견해가 될지도 모르겠다.

마지막으로 그녀는 이 거대한 짐승에게 한 가지 희망을 걸고 있다. 이 짐승을 잘 길들여서 친해지기만 하면, 그놈을 강물에 서 있게 한 다음 다리로 이용할 수 있을 거라는 생각이었다.

그런데 그 괴물은 벌써 충분히 길들여져 있다는 사실이 드러났다. 적어도 그녀한테만은 말이다. 그녀는 자신의 이론을 실험해봤지만, 그 시도는 실패로 돌아갔다. 그녀가 브론토사우루스를 강물 위 적당한 곳에 세운 다음, 그놈의 등을 타고 가로질러 강을 건너가려 할 때마다 그놈도 그녀와 같이 밖으로 따라나와, 마치 애완용 산山처럼 그녀의 뒤쪽에서 어슬렁거리는 것이었다. 그놈도 다른 동물들과 마찬가지다. 동물들은 다들 그런 식이다.

그로부터 **일 년** 뒤
The next year*

화요일
Tuesday*

 석 달간 북쪽 깊숙한 곳에서 사냥을 마치고 오늘 돌아왔다. 이브는 나에게 조그만 새 피조물 하나를 보여주었다. 그녀는 그것을 덤불숲에서 주웠노라고 하면서 얼굴을 붉혔다. 마치 이 발견에 무슨 비밀이라도 얽혀 있는 듯한 태도였다.

수요일
Wednesday *

　우리는 그 작은 피조물을 '카인'이라고 부른다. 동물 세계에 관한 한 내 지식은 이미 상당한 경지에 도달했지만, 그것은 내가 어느 종류에도 소속시킬 수 없는 독특한 놈이다. 어떤 점에서는 우리를 닮은 것도 같아서, 어쩌면 우리와 같은 부류에 속할 수도 있다. 적어도 그녀는 그렇게 생각하는 것 같다. 그렇지만 내 판단은 다르다. 벌써 우리와 다른 크기의 차이만 봐도 그것은 새로운 종의 어떤 동물이거나, 어쩌면 물고기일지도 모른다는 것이 내 생각이다. 하지만 내가 물속에 집어넣으니까 그것은 곧 가라앉아 버렸다. 내가 실험을 통해서 그 문제를 다시 해결할 기회도 주지 않고 그녀가 재빨리 뛰어들더니 그것을 건져내었다. 나는 여전히 그것이 일종의 물고기라고 생각한다. 그러나 그녀는 그것이 물고기든 뭐든 개의치 않는다. 그러니 내가 그것을 가지고 실험을 하도록 내버려두지 않을 것이다. 나는 이해

할 수 없다. 새로운 피조물이 오면서부터 그녀의 성격은 완전히 바뀐 것 같다. 내가 하려는 실험을 터무니없는 짓으로 여기는 것 같다. 그녀는 다른 어떠한 동물보다도 이놈을 더 각별히 생각하면서도 그 이유를 설명하지 못한다. 아무래도 그녀는 제정신이 아닌 것 같다. 모든 면에서 그렇게 보인다.

이따금 그녀는 그 물고기가 물에 들어가려고 칭얼댄다고 밤새도록 팔에 안고 서성거린다.
그럴 때면 그녀의 두 눈에서 물이 흘러내린다. 그런데 내가 그것을 도와 연못 속에 집어던지려고 하면 그녀는 그것을 멀찍이 빼앗아간다. 그리고 그것을 달래느라 등을 토닥이며 뭐라 부드러운 소리를 내곤 한다. 온통 걱정과 불안으로 그녀는 아주 바보처럼 행동한다.

이전에는 그녀가 다른 물고기를 이처럼 다루는 것을 한 번도 본 적이 없다. 그래서 그런지 나는 무척 당황스럽다. 우리가 우리의 고유한 본성을 잃기 전까지만 해도 그녀는 근처에 어린 호랑이들을 집으로 데려와서 함께 놀아주곤 했었다. 그러나 그때는 놀기만 했을 뿐이지 호랑이들이 저녁 식사를 마음에 들어 하지 않는다고 해서 결코 이놈처럼 돌보지는 않았었다.

일요일
Sunday*

    그녀는 일요일에는 일을 하지 않으려고 작정한 것 같다. 대신에 온종일 지겹도록 누워서 그 물고기가 자신의 몸 위를 엉기적엉기적 기어다니게 하면서 즐거워한다. 그럴 때면 그녀는 입으로 바보 같은 소리를 내어 그놈을 즐겁게 하고, 마치 그놈의 앞발을 깨물어 먹는 척 하기도 한다. 그러면 그놈은 웃는다. 나는 이제껏 웃을 줄 아는 물고기는 한 마리도 본 적이 없다. 이런 의문점 때문에 그놈은 물고기가 아닐지도 모른다.

    나는 더욱더 일요일을 좋아하게 되었다. 한 주일간 내내 일을 처리하다 보면 몸은 고단하기 일쑤다. 일요일은 더 늘어나야 한다. 오래 전에는 일요일이 참 따분했었는데, 지금은 짧기만 하다.

수요일
Wednesday*

 그것은 물고기가 아니다. 하지만 정확하게 뭔지는 도무지 모르겠다. 그것은 기분이 나쁠 때면 악마 같은 해괴한 소리를 지르고 기분이 좋으면 옹알옹알 소리를 낸다. 걷지도 못하니까 우리와 같은 종류도 아니고, 날지도 못하니까 새도 아니다. 폴짝폴짝 뛰지도 못하므로 개구리도 아니고, 기어다니지도 못하는 걸 보면 뱀도 아니다. 헤엄을 칠 수 있는지 없는지 알아낼 기회는 없었지만, 그것이 물고기가 아닌 것만은 확실하다.

 대개 그것은 네 발을 들어올린 채 등을 대고 누워 있다. 나는 그런 모습은 어떤 동물한테서도 찾아볼 수 없었다. 나는 이브에게 그 피조물은 정말 '수수께끼' 같은 존재라고 말했더니, 그녀는 무슨 뜻인지도 모르면서 그 단어에만 감탄하였다. 내 판단에는 그것이 수수께끼가 아니라면 어떤 곤충의 종류인 거 같다. 만약 그것이 죽으면 해체해서 어떻게 만들어진 생물인지 알아봐야겠다. 지금까지 나에게 이런 골칫거리는 아무것도 없었다.

그로부터 석 달 뒤
Three months later*

화요일
Tuesday*

그 골칫거리는 더더욱 풀 수 없는 수수께끼가 된다. 요즘엔 거의 잠을 못 이룰 정도이다. 그것은 누워서 지내기를 그만두고 이제는 네 발로 기어다닌다. 그렇지만 그것은 다른 네 발 짐승들과는 분명히 다른 점이 있다. 앞발이 유독 짧다. 따라서 상체 부분이 거북할 정도로 위로 치켜 올라가서 보기에 별로 좋지 않다. 그 밖의 점에서는 우리와 신체구조가 비슷하지만, 돌아다니는 방법을 보면 그것이 우리와 같은 종이 아니라는 사실을 알 수 있다. 짧은 앞발과 긴 뒷발은 그것이 캥거루과일지도 모른다는 사실을 암시한다. 그러나 진짜 캥거루처럼 깡충깡충 뛰어다니지 못한다는 점에서 확실히 구별되는 변종이다. 또 이제껏 캥거루과로 분류된 적 없는 기묘하고 흥미로운 별종인 것 같다. 이 사실은 내가 발견했으므로, 이 발견의 명예를 확고히 하기 위해 이 돌연변이에게 내 이름을 붙일 정당한 권리가 나에게 있다고 생

각한다. 그래서 나는 그것을 '캥거루룸 아다미엔시스 Kangaroorum Adamiensis'라고 명명했다.

 그것이 맨 처음 우리에게 왔을 때에는 갓난것이었음이 틀림없다. 그 이후로 이렇게 훌쩍 자랐으니 말이다. 그때에 비하면 지금은 몸집이 거의 다섯 배나 커졌고, 뭔가 불만족스러울 때 그것이 당시에 내었던 소리보다 스물두 배에서 서른여덟 배까지 크게 소리를 지른다. 강압적으로 다루면 그것을 당해낼 수 없다. 오히려 역효과를 낼 뿐이다. 그래서 나는 이 방법을 포기하였다. 역시나 그녀도 조금 전까지만 해도 주지 않겠다고 한 것들을 주거나 좋은 말로 달래어 가면서 그것의 기분을 맞추곤 한다.

 앞서 말했듯이, 그것이 처음 우리에게 왔을 때 나는 집에 없었다. 그녀는 그것을 숲에서 발견했다고 말했었다. 그것이 이 세상에 유일한 종이라면 참 기묘한 일

이지만, 사실 그런 것 같다. 왜냐하면 내가 벌써 최근 몇 주일간 두 번째 종을 구하기 위해 갖은 노력을 다했는데도 헛일이었다. 내 수집물에 하나를 더 추가하든지 아니면 첫 번째 놈에게 놀이친구로 내어줄 요량이었다. 그렇게 되면 그놈도 틀림없이 좀 더 얌전해질 테고 우리도 길들이기가 훨씬 쉬워질 텐데.

그러나 나는 그것과 같은 종은 한 마리도 찾아볼 수 없었을 뿐만 아니라 어떠한 흔적도 발견할 수 없었다. 무엇보다 가장 이상한 점은 비슷한 발자국 하나조차 찾지 못했다는 것이다. 땅 위에서 살아야 하고, 혼자서는 아무것도 할 줄 모르는 그런 종이 어떻게 발자국도 남기지 않고 돌아다닐 수 있다는 것인가? 나는 그것을 잡기 위해 덫을 열두 개나 놓았지만 하나도 소용없었다. 잡히라는 놈은 안 잡히고 작은 동물들만 덫에 걸렸다. 내 생각에 그 작은 동물들은 이 안에 왜 우유가 있는지

하는 호기심 때문에 들어왔다가 덫에 걸린 것 같다.
하지만 그들은 우유에 입도 대지 않았다.

그로부터 석 달 뒤
Three months later*

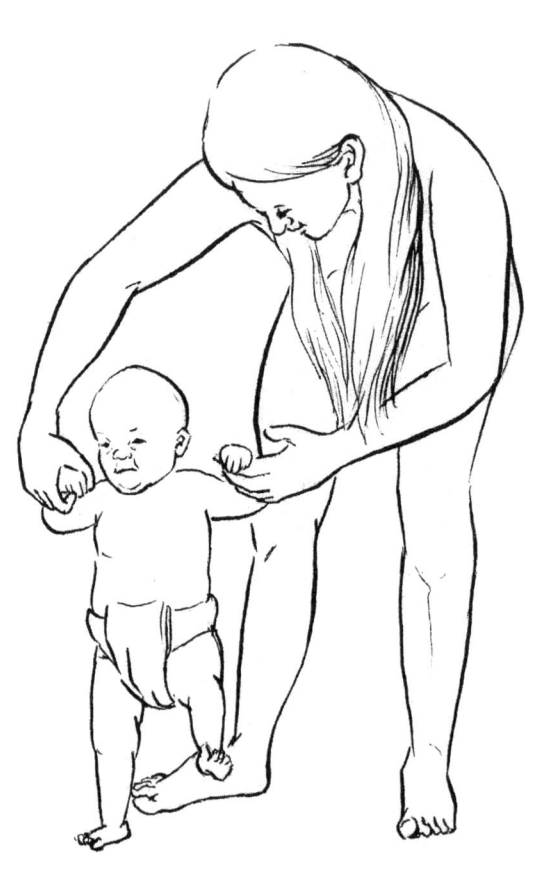

수요일
Wednesday*

　내 이름을 딴 아다미엔시스Adamiensis 캥거루는 여전히 계속 자라고 있다. 정말 괴상하고 어리둥절한 일이다. 다 자랄 때까지 그렇게 오래 걸리는 캥거루를 나는 본 적이 없다. 그놈의 머리에는 이제 털이 덮였다. 그 털은 캥거루의 것이 아니라 오히려 우리의 머리털에 가깝다. 그리고 훨씬 더 가늘고 부드러우며 검은색이 아니라 붉은 빛을 띤다. 나는 동물학적으로 분류할 수 없는 이 변종이 예측할 수 없는 방향으로 성장하는 것을 볼 때마다 미칠 것만 같다.

　한 마리만 더 잡을 수만 있다면 얼마나 좋겠는가! 그렇지만 가망 없을성싶다. 그것은 새로운 변종으로서 유일한 표본이다. 이것만은 확실하다.

　나는 진짜 캥거루 한 마리를 잡아서 집으로 가져왔을 때 이러한 사실을 알게 되었다. 우리 집에 있는 놈이 어쩌면 외로울지 모르겠다고, 그래서 이렇게 같은 혈족 없이

외톨이로 자라나는 것보다 캥거루를 친구로 사귀게 되면 기뻐할 것이라고 나는 생각했다. 그렇게 되면 자기의 풍속이나 관습을 전혀 모르는 낯선 자들에 둘러싸인 쓸쓸한 환경에서, 그나마 친구들 틈에서 느낄 수 있는 친근감이나 공감을 얻게 될 것이라고.

하지만 이렇게 생각한 것은 나의 잘못이었다.

그놈이 캥거루를 보자마자 기겁하는 걸 보고서야 나는 그놈이 지금껏 한 번도 캥거루를 본 적이 없다는 사실을 확신하게 되었다.

불쌍한 소리를 내는 작은 짐승이 가여웠지만 이제 나에게는 그놈을 행복하게 해줄 어떤 방법도 없었다. 내가 길들일 수 있다면 좋겠는데, 아무래도 그 일은 불가능하다. 내가 그놈을 길들이려 하면 할수록 일은 점점 더 엉망이 되는 것 같다. 슬픔과 격정에 휩싸인 그놈을 보노라면 내 마음이 아파온다. 나는 그놈을 이곳에서 떠나보내고 싶었다. 그렇지만 그녀는 이런 내 말을 들으려고도 하지 않는다. 이럴 때 그녀는 그녀답지 않게 잔인하게 보이지만, 어쩌면 그녀가 옳을지도 모른다.

내가 아직도 다른 놈을 찾지 못해서 그놈은 어느 때보다 더 외로워 보인다. 어떻게 아직까지 한 마리도 못 찾을 수가 있지?
요즈음 나에겐, 그녀가 이 수수께끼 같은 피조물의 유래에 대해서 나에게 말한 것보다 더 많은 사실을 알고 있는 듯한 느낌이 점점 강해진다.

그로부터 다섯 달 뒤
Five months later*

일요일
Sunday*

그놈은 캥거루가 아니었다. 그놈은 이브의 손가락을 붙들고 똑바로 설 수 있다. 그리고는 뒷다리로 두세 걸음 뒤뚱뒤뚱 걷다가 털썩 주저앉곤 한다. 아마 그놈은 곰의 어떤 종류인지도 모르겠다. 그러나 꼬리도 없고, 머리를 빼고는 털로 덮여 있지도 않다. 게다가 그놈이 계속 자라나는 걸 보면 곰이 아닌 것 같다. 곰이라면 성장 속도가 그놈보다는 훨씬 빠르니까 말이다.

대재앙 이후 곰이란 동물은 위험하다. 나는 맹수들의 그 죽음의 아수라장에서 그것을 목격했다. 그러므로 나는 그놈이 입마개 없이 돌아다니는 것을 너무 오래 두고 허락할 수 없을 것이다.

나는 그녀에게 그놈을 내보내고 새 캥거루를 들이자고 제안했지만, 헛일이었다. 아무래도 그녀는 우리를 온갖 어리석은 위험 속에 빠뜨리기로 작정한 것 같다. 그녀가 제정신이었을 땐 이렇지 않았다.

그로부터 **두 주일** 뒤
Two weeks later*

목요일
Thursday*

　나는 그놈의 입을 조사해 보았다. 이가 단 하나뿐이니 아직은 위험하지 않다. 꼬리도 아직 생기지 않았다. 그 대신 그놈은 전보다 더 시끄럽게 소리를 질러댄다. 주로 밤에 더 그런다. 할 수 없이 나는 다른 집으로 이사를 했다. 하지만 아침에는 이곳에 와서 식사를 한다. 그리고 아침식사를 하고 나서 그놈에게 새로 이가 더 났는지 살펴본다. 입안 가득히 이가 생기면 그때는 꼬리가 있든 없든 그놈을 내보내야 한다. 왜냐하면 곰이 위험한 동물로 되는 데는 꼬리란 필요치 않으니 말이다.

그로부터 넉달 뒤
Four months later*

화요일
Tuesday*

 나는 그녀가 '버팔로Buffalo'라고 부르는 지역 위쪽에서 사냥과 낚시를 하며 한 달을 보냈다. 그녀가 이곳을 왜 버팔로라고 부르는지 나는 그 이유를 알지 못한다. 아무튼 이곳에 들소가 없진 않으니까 그렇게 부르겠지만 말이다.
 그 사이 그놈은 자기 혼자서 뒷다리로 아장아장 걷는 법을 배웠다. 게다가 "빠빠"나 "맘마"라고 말하기도 한다.
 그놈은 확실히 새로운 동물종이다. 우리의 말소리와 비슷하지만 이는 그저 우연히 그런 것이고 무슨 의도나 의미는 없어 보인다. 설사 그렇다 치더라도 이런 소리를 낸다는 것은 보통 일이 아니다. 왜냐하면 그 어떤 곰도 결코 할 수 없는 일이니 말이다. 온몸에 털도 없고 꼬리도 없으면서 우리의 말을 따라한다는 것은 그놈이 전혀 새로운 종류의 곰이라는 걸 뜻한다. 그놈에 대한 연구는 하면 할수록 더더욱 흥미진진할 것이다.
 한편 나는 북부 지역의 숲으로 긴 탐험여행을 떠날 예

정이다. 그래서 그놈과 같은 종류가 있는지 철저히 조사할 생각이다. 틀림없이 어딘가에 하나 더 있을 것이다. 그놈이 자기와 같은 종의 동무가 있다면 덜 위험해지겠지. 바로 떠나야겠다. 그러나 그 전에 먼저 그놈에게 입마개를 씌어야겠다.

그로부터 석 달 뒤
Three months later*

금요일
Friday*

  정말 길고도 지루한 사냥이었다. 그렇지만 아무런 성과도 얻지 못했다. 그런데 그 사이 우리 땅에서 한 발짝도 나가지 않은 채 그녀는 두 번째 표본을 잡아 놓지 않았는가! 지금껏 나는 이런 행운은 본 적이 없다. 만약 내가 백 년 동안 이 숲에서 찾아 헤맨다 해도, 나는 결코 우연이라도 그 표본을 찾아내지는 못했을 것이다. 내가 자세한 얘기를 물으면 그녀는 다시 얼굴을 붉히며 수수께끼와도 같은 미소를 지을 따름이다.

일요일
Sunday*

　나는 그 새로운 표본을 먼젓번 것과 비교해 보았다. 그 둘이 같은 종류라는 것은 아주 명백하다. 나는 동물 수집을 위해 둘 중에 하나를 박제로 만들 생각이었다. 하지만 그녀가 무슨 이유에선지 완강히 반대를 한다. 그래서 나는 그 생각을 포기할 수밖에 없었다. 그렇지만 어쩐지 실수한 것 같다. 만약 그것들이 달아나기라도 한다면 과학 분야에 돌이킬 수 없는 손실이 될 것이다.
　먼젓번 놈은 전보다 더 순해졌으며 웃을 줄도 알고 앵무새처럼 말도 한다. 우리가 앵무새도 몇 마리 가지고 있으니 틀림없이 앵무새한테 말하는 법을 배웠을 것이다. 그것은 흉내를 내는 재능이 몹시 발달했으니까 말이다.
　만약 그놈이 새로운 종의 앵무새로 밝혀진다면 나는 깜짝 놀랄 것이다. 하지만 그리 놀랄 일도 아니다. 맨처음 그놈을 물고기라고 생각했던 때 이후로 이미 생각할 수 있는 모든 종류의 동물을 다 고려했으니 말이다.

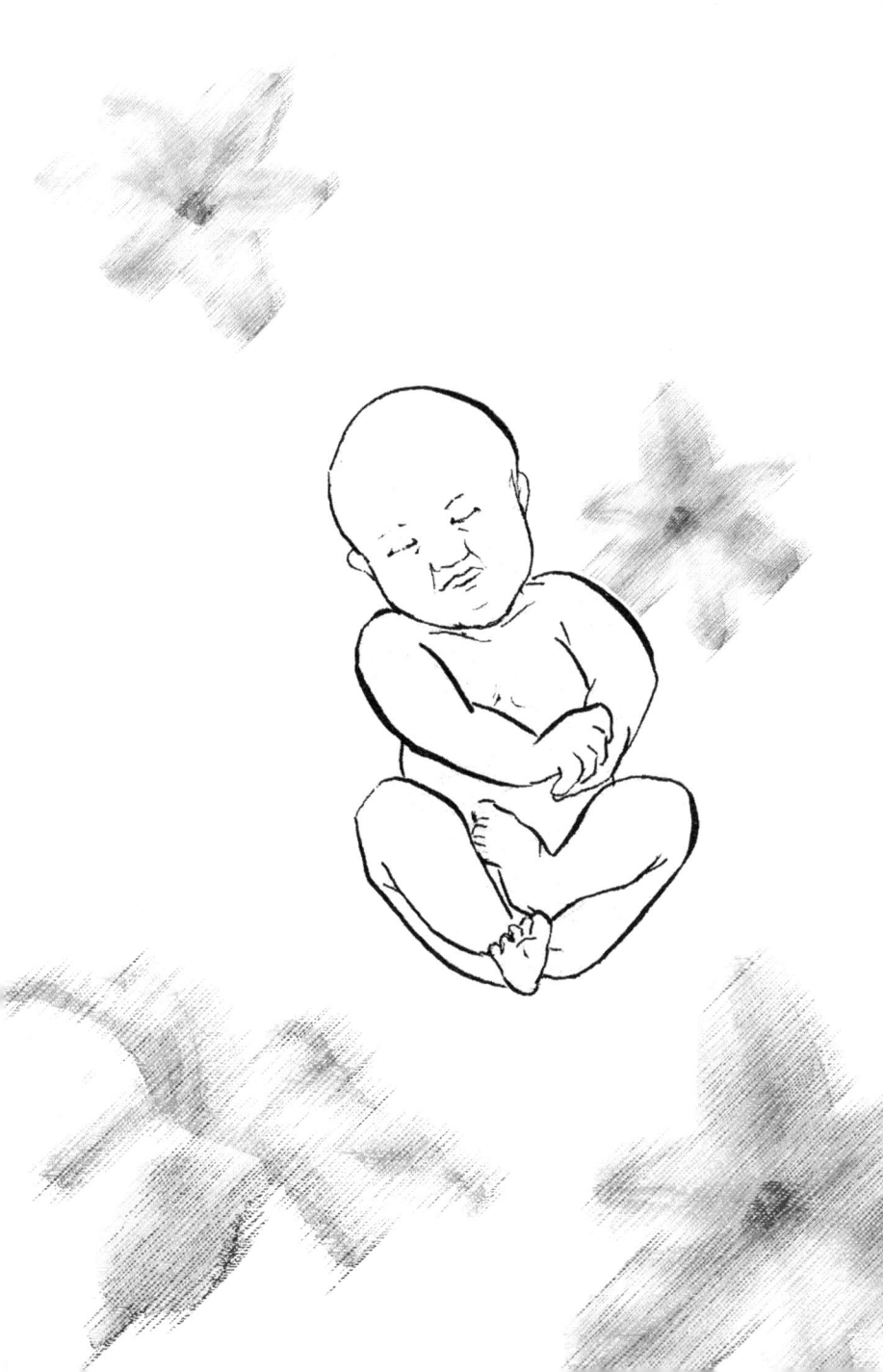

그 새로운 표본은 먼젓번 것이 처음에 그랬던 것처럼 지금은 못생겼다. 누르무레하고 불그스름한 피부색은 꼭 설익은 고기와 유황 같고, 털 한 오라기도 없는 기묘한 머리도 먼젓번과 같다. 그녀는 그 표본을 '아벨'이라고 부른다.

그로부터 **십 년** 뒤
Ten years later*

토요일
Saturday*

 그들은 사내아이들이다. 우리는 오래 전에 그 사실을 알았다. 그들이 작은 갓난아기의 모습으로 우리에게 왔을 때 무척 당황스러웠다. 우리는 그렇게 생긴 것을 본 적이 없었기 때문이다. 지금은 여자아이들도 있다. 아벨은 착한 녀석이다. 반면에 카인은 차라리 한 마리 곰인 채로 있었다면 아주 훌륭하게 컸을 텐데.

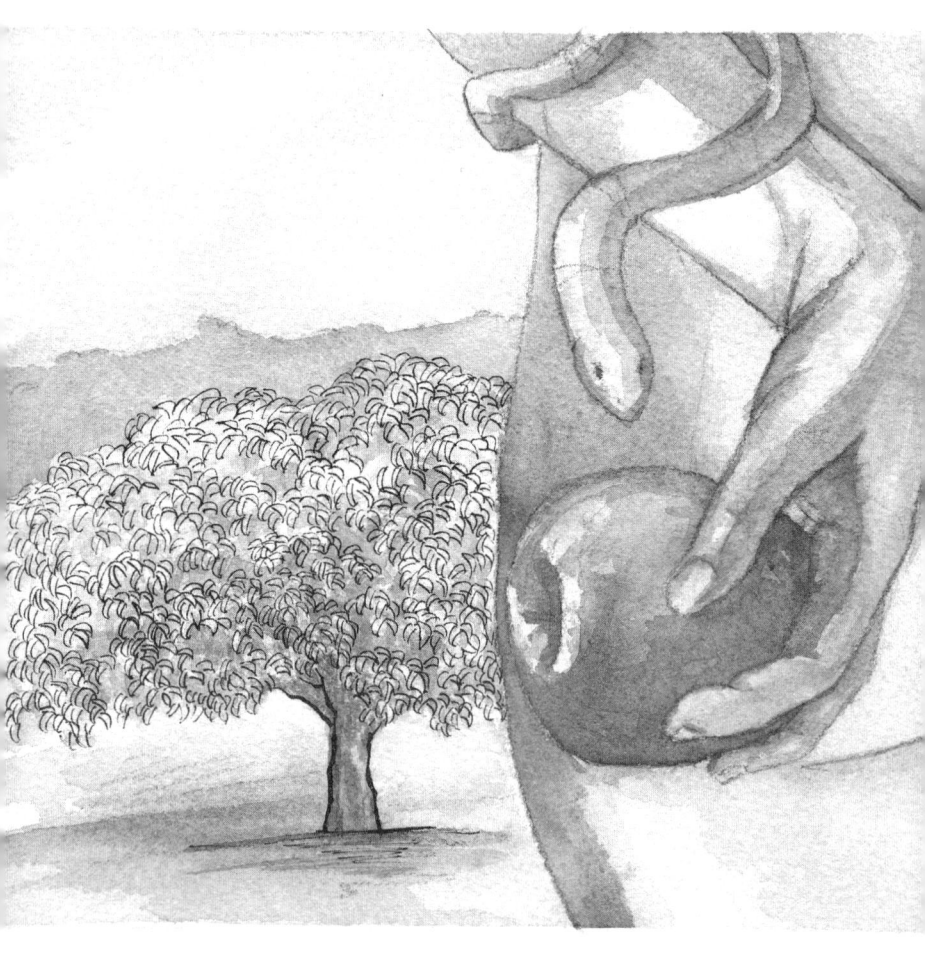

일요일
Sunday*

   지난 세월을 돌이켜 생각해보니 내가 처음에 이브에 대해서 잘못 생각했었음을 깨닫게 된다. 그녀 없이 낙원 안에서 살기보다는, 차라리 낙원 밖에서 그녀와 함께 사는 편이 더 좋다. 맨 처음 나는 그녀가 너무 말이 많다고 생각했었다. 그러나 지금은 만약 이 목소리가 침묵하고 내 인생에서 사라져버린다면 나는 몹시 슬퍼질 것이다.
   요즘 나는 가끔 그 사과를 먹었던 일을 돌이켜 볼 때 어느 정도 감사한 마음까지 든다. 우리를 함께 지내게 하였고, 그녀의 고운 마음과 사랑스런 영혼을 알게 해준 그 나무에게 축복 있기를!

The Diary

of

Eve

이브의 다이어리
The Diary of Eve

토요일
Saturday*

　이제 나는 거의 하루치 나이를 먹었다고 할 수 있다. 나는 어제 도착했다. 내게는 그런 느낌이 든다. 아마 틀림없을 것이다. 만약 어제 이전에 또 하루가 있었다면 그날 나는 여기에 존재하지 않았었다. 여기에 있었다면 당연히 나는 기억해야 한다. 물론, 어제 이전에 또 하루가 있었는데도 내가 미처 몰랐을 수도 있다. 좋아, 지금부터 정신을 바짝 차려야지. 그리고 혹시 어제 이전의 날 같은 경우가 오게 된다면 그것을 적어둘 것이다. 바로 시작하는 게 가장 좋다. 그리고 기록이 혼란을 일으키지 않도록 해야겠다. 나는 이러한 상세한 기록들이 언젠가는 역사가에게 중요한 자료가 되리라는 것을 직관적으로 알 수 있다.
　나는 내 존재가 마치 하나의 실험인 것 같은 느낌이 든다. 꼭 실험 같다. 나 말고 자기 존재가 일종의 실험 같다고 느꼈던 사람은 있을 수 없다. 그래서 나는 내

존재의 이유가 실험을 위한 것이라고 확신한다.

그러면 나 혼자만 이 실험에 참여하고 있는 것일까? 아니, 그렇지 않다고 생각한다. 나는 그 실험의 전부가 아니다. 그 나머지 부분이 또한 실험에 참여하고 있다. 그렇지만 내 생각에는 그 나머지 부분은 일정 몫을 차지하고 내가 그 중요 부분일 것이다. 그렇다면 이러한 내 위치는 확실한 것일까, 아니면 **빼앗기지** 않기 위해 그것을 지키고 돌봐야만 할까? 아마 후자일 것이다. 끊임없는 조심이야말로 최고의 자리를 위해서 치러야만 하는 대가라는 것을 나는 직감한다. 이것은 나처럼 어린 사람치고는 정말 좋은 말이라고 생각한다.

오늘은 모든 것이 어제보다 더 좋아 보인다. 어제 하루는 서둘러 마무리하느라 그랬는지, 산줄기는 울퉁불퉁한 상태 그대로 남겨져 있고, 평원은 잡동사니와 잔재들로 어수선해서 꽤 서글픈 광경을 보여주고 있었다. 고상하고

훌륭한 예술작품들은 시간에 쫓겨서 졸속으로 만들어서는 안 된다. 그런데 이 장엄한 새로운 세계야말로 참으로 가장 고상하고 훌륭한 작품이다. 더욱이 그 짧은 시간에도 불구하고 세상은 놀라울 정도로 거의 완벽에 가깝게 완성되었다. 어떤 곳엔 별이 너무 많고 또 다른 곳엔 좀 부족한 듯싶지만, 그런 거야 의심할 바 없이 금방 고쳐질 것이다.

그런데 지난밤에 달이 없어졌다. 미끄러져 떨어져서 어딘가로 갑자기 숨어버렸다. 이루 말할 수 없는 큰 손실이다. 그 생각을 하면 마음이 찢어질 듯 아프다. 아름다움과 세련됨에서 달과 비교할 만한 장식물은 이 세상에 그 어떤 것도 없다. 더 단단히 붙들어매어 놓았어야 했는데. 달을 다시 찾을 수 있다면!

그런데 달이 어디로 갔는지 아무도 모른다. 게다가 또, 누구라도 그것을 얻었다면 꼭꼭 감춰둘 것이다. 나라도 그렇게 했을 테니까. 그 밖의 모든 일에서는 스스로 정직하다고 자신한다. 그렇지만 내 본성의 깊숙하고 은밀한 핵심에는, 아름다움에 대한 사랑과 아름다움을 향한 열정이 자리하고 있음을 벌써 깨닫기 시작했다. 때문에 다른 사람 소유의 달을 주인 모르게 나에게 맡긴다는 것은 안심할 일이 못된다.

밝은 대낮에 달을 줍는다면 누군가 나를 지켜보고 있지 않을까 하는 두려움 때문에 달을 단념할지도 모른다. 그러나 한밤중에 발견했다면 달을 가져가면서도 이리저리 둘러댈 핑곗거리를 꾸며냈을 것이다. 나는 달을 너무나 사랑하니까. 달은 무척이나 예쁘고 낭만적이다. 달이 다섯이나 여섯쯤 있다면 얼마나 좋을까! 그러면 나는 잠도 자지 않고 밤새도록 이끼 낀 언덕에 누워 그들을 바라보아도 결코 싫증을 내지 않을 텐데.

물론 별도 좋아한다. 그럴 수 있다면 별 몇 개 따서 내

머리에 꽂고 싶다. 하지만 그건 아무래도 불가능하겠지. 눈에 보이는 것과는 다르게 별이 얼마나 멀리 떨어져 있는가를 알면 깜짝 놀랄 것이다.

어젯밤 별이 처음 나타났을 때, 나는 장대로 몇 개 따보려고 했었다. 그러나 거기까지 장대가 닿지 않아서 무척 당황스러웠다. 그래서 다음에는 기진맥진할 때까지 흙덩어리를 던져보았지만 별은 하나도 따지 못했다. 나는 왼손잡이여서 던지는 솜씨가 서툴렀기 때문이다. 심지어 별 하나를 잘 겨냥해서 던져도 맞힐 수가 없었다. 사십 번, 오십 번 같은 일을 반복해도 반짝이는 금빛 별무리 한가운데로 스쳐 지나가는 흙덩어리의 검은 얼룩만 보일 뿐이었다. 조금만 더 오래 버텼다면 어쩌면 하나는 딸 수 있었을지도 모른다.

속상해서 나는 조금 울었다. 내 나이에 이런 일로 우는 건 당연하다. 기운을 차린 뒤 나는 바구니를 하나 들고 지평

선 끝까지 걸어갔다. 그곳이라면 별들이 지면과 가까운 데 있어서 내가 손으로 별을 따서, 부서지지 않게 조심조심 바구니에 모을 수 있는 장소였다. 그런데 그곳에서도 별은 생각했던 것보다 훨씬 멀리 있었다. 마침내 나는 그 일을 포기하고야 말았다. 나는 지칠 대로 지쳐서 걸음을 한 발자국도 더 옮길 수 없었다. 게다가 발은 욱신욱신 몹시도 쑤시고 아팠다.

 나는 집으로 돌아갈 수 없었다. 집까지는 너무 멀었고 날씨마저 추워지고 있었다. 그때 마침 호랑이 무리를 만나서 그들 사이에 자리를 잡고 누웠다. 아주 편안했다. 그들의 숨결은 달콤해서 기분까지 좋아졌다. 딸기를 먹고 사는 동물이라서 그런가 보다. 전에 나는 호랑이를 한 번도 본 적이 없지만, 얼룩얼룩한 줄무늬를 보자마자 그들이 바로 '호랑이'인 것을 알아보았다. 나에게 이런 가죽이 있다면 정말 멋진 옷을 만들어 입을 텐데.

오늘 나는 거리距離에 대해서 더 잘 알게 되었다. 나는 예쁜 거라면 뭐든 너무나 손에 넣고 싶어서 경솔하게 그것을 움켜잡으려 했었다. 하지만 그런 것들은 때로는 너무 먼 곳에 있거나, 때로는 겨우 15센티미터 정도 떨어져 있었지만 그 사이가 가시투성이여서 한 30센티미터는 벌어져 있는 것처럼 보였다. 그래서 나는 곧 한 가지 교훈을 얻었고, '가시에 찔려 본 사람은 가시를 피할 줄 알게 된다'는 격언도 하나 만들었다. 이는 순전히 내 머리에서 나왔다. 나처럼 어린 사람치고는 정말 좋은 말이라고 생각한다.

어제는 오후 내내 또 다른 일을 실험해 보았다. 일정한 거리를 두고 어떤 존재의 뒤를 쫓아다녔다. 그것의 존재가 무엇인지 알고 싶어서였다. 그렇지만 도무지 알 수 없었다. 나는 그것이 '남자'라고 생각한다. 비록 남자라는 존재를 한 번도 본 적은 없었지만, 내가 보기에 그것은

꼭 남자인 것처럼 보였다. 나는 다른 어떤 파충류보다 이 남자라는 존재에게 더 강한 호기심을 느꼈다.

처음에 나는 이 남자라는 것이 파충류라고 생각했다. 지저분한 머리와 푸른 눈을 하고 있어서 어떤 종류의 파충류처럼 보였기 때문이다. 엉덩이도 나오지 않았고 당근처럼 아래로 내려갈수록 점점 가늘어졌다. 그대로 서 있을 때면 팔다리가 뻗어 있는 모습이 마치 기중기 같았다. 그러니까 그것이 건축물이었다 해도 나는 파충류라고 생각했을 것이다.

처음엔 그것의 존재가 두려웠다. 그래서 그것이 나를 돌아볼 때마다 바로 도망칠 태세를 취했다. 나를 뒤쫓아 오는 줄 알았기 때문이다. 그런데 다만 나를 애써 피하려고 했을 뿐이라는 사실을 차츰 알게 되었다. 나는 더 이상 겁내지 않게 되었고 몇 시간씩 한 스무 걸음 정도 떨어져서 그것의 뒤를 쫓아다녔다. 이런 내 행동이 그것을 신경질 나게 하고 불쾌하게 했던 것 같다. 마침내 그것은 무척 성가신지 나무 위로 올라가버렸다. 나는 한참을 기다리다가, 포기하고 집으로 돌아왔다.

오늘도 어제와 마찬가지로 똑같은 일이 벌어졌다. 나는 그것이 또다시 나무 위로 올라가게 만들었다.

일요일
Sunday＊

 그것은 아직도 나무 위에 올라앉아 있다. 언뜻 보기에 쉬고 있는 것 같지만, 쉰다는 건 핑계에 불과하다. 왜냐하면 일요일은 휴일이 아니기 때문이다. 일을 쉬고 놀도록 정해진 날은 토요일이다. 하지만 내가 보기에 이 피조물은 무엇보다도 휴식을 가장 좋아하는 것 같다. 그러나 나는 너무 많이 쉬면 오히려 피곤하다. 이렇게 근처에 앉아서 나무를 지켜보고 있는 것만으로도 나는 피곤해진다. 그것이 왜 나무 위에만 있는지 도대체가 궁금하다. 나는 그것이 다른 일을 하는 걸 본 적이 없다.

 지난밤 그들이 달을 돌려주어, 나는 무척 기뻤다. 달을 돌려주다니 그들은 참 정직하다. 달이 또다시 미끄러져 떨어지긴 했지만, 나는 슬프지 않았다. 이렇게 좋은 이웃들이 있어서 걱정할 필요가 없다. 그들은 다시 돌려줄 것이다. 고마움의 표시로 뭔가를 해주고 싶다. 별을 몇 개 보내줄 수 있다면 좋을 텐데, 우리에겐 필요 이상으로 별이

많으니까 말이다. 아니, '우리'보다는 '나'라는 말이 더 적절하겠다. 왜냐하면 그 파충류가 그런 일에 무신경하다는 것을 나는 알 수 있으니까.

  그 파충류는 취미도 저열하고 친절하지도 않다. 어제 저녁 땅거미 질 무렵에 나는 거기에 갔었다. 그때 그것은 나무에서 기어 내려와서, 연못 속의 얼룩덜룩한 작은 물고기들을 잡으려 하고 있었다. 나는 흙덩어리를 던져 그것을 다시 나무 위로 쫓아버렸다. 그제야 물고기들을 가만히 내버려둘 수 있었다. 나는 도무지 그 파충류의 존재 이유를 모르겠다. 그것에겐 마음씨라는 게 있는지조차 궁금하다. 저 작은 물고기들이 조금도 측은하지도 않단 말인가? 그것은 도대체 어떻게 생겼기에 저런 심한 장난을 칠 수 있단 말인가?

  내가 던진 흙덩이 중 하나가 그것의 귓등에 맞았다. 그러자 그것은 말을 하기 시작했다. 나는 거의 온몸이 오싹

할 정도로 전율을 느꼈다. 나 자신 이외에 누군가가 말하는 소리를 듣기는 난생처음이었다. 그 말은 다 알아들을 수 없었지만 뭔가 풍부한 감정을 담고 있는 듯했다.

그것이 말을 할 수 있다는 것을 알고 나서, 나는 그것한테 새로운 흥미를 느끼기 시작했다. 나는 이야기하는 것을 매우 좋아하기 때문이다. 나는 하루 내내, 심지어는 자면서도 말을 한다. 나는 이야기하는 게 아주 즐겁다. 그런데 나에게 말상대가 있다면 지금보다 두 배는 즐거울 것이다. 내가 바라는 대로 할 수 있다면 결코 말하기를 멈추지 않을 텐데.

만약 이 파충류가 남자라면, 그것이 아닐 것이다. 그렇게 부르면 문법에 맞지 않는다. 그것이 아니라 '그'라고 해야 할까? 내 생각엔 그렇게 불러야 할 것 같다. 나는 그것의 정체가 다른 존재로 밝혀질 때까지 남자로 간주하고 그라고 불러야겠다. 이렇게 하면 숱하게 반신반의하는 것보다 훨씬 더 편리할 것이다.

다음 일요일
The next Sunday*

 한 주일 내내 그의 뒤를 쫓아다녔다. 그리고 그와 친해지려고 애썼다. 그가 수줍어해서 말은 주로 내 쪽에서 해야만 했지만, 나는 그런 건 신경 쓰지 않았다. 그도 내가 자기 주위에 있어서 좋아하는 것 같았다. 되도록 나는 붙임성 있게 '우리'라는 말을 자주 썼다. 그가 어딘가 소속감을 느끼게 되면 좋아할 거라는 생각에서였다.

수요일
Wednesday＊

 이제 우리는 많이 친해졌고 점점 더 서로에 대해 잘 알게 되었다. 그는 더 이상 나를 피하려고 애쓰지 않는다. 이것은 좋은 징조이며 나와 함께 있는 걸 좋아한다는 암시이기도 하다. 이런 사실은 나를 기쁘게 한다. 그에게 호감을 주기 위해서 나는 할 수 있는 한 쓸모 있게 행동하려고 노력 중이다.
 엊그제부터 어제 동안 나는 그의 수고를 덜어주기 위해 사물에 이름 짓는 일을 떠맡았다.
 이 일로 그는 많이 안도했음이 분명하다. 왜냐하면 그는 이런 일에는 재능이 부족하기 때문이다. 틀림없이 나에게 무척 고마워하겠지.
 그는 알맞은 이름을 생각해낼 줄 모른다. 그렇게 할 수 있다면 수고를 덜 수 있을 텐데 말이다. 하지만 나는 내가 그의 결점을 알고 있다는 사실을 그가 알지 못하도록 조심하고 있다. 이를테면, 새로운 피조물이 지나갈 때마다

그가 어색한 침묵의 표정을 보이기 전에 내가 먼저 이름을 짓는 것이다. 이런 식으로 나는 그를 숱한 곤혹스러움으로부터 도와주었다. 그가 가지고 있는 그런 결점이 나에게는 없다. 나는 동물을 보자마자 첫눈에 그 이름이 생각난다. 한순간도 고민한 적이 없다. 적당한 이름이 순식간에 떠오른다. 마치 영감을 받은 것 같다. 30초 전만 해도 그렇지 않았는데, 그런 걸 보면 영감을 받은 게 틀림없다. 나는 생김새와 행동 방식만 보고도 그 동물의 이름을 어떻게 지어야할지 바로 아는 것 같다.

예를 들면 도도새*가 우리 앞을 지나갔을 때 그는 그것을 살쾡이라고 생각했다. 이는 그의 눈치로 알 수 있었다. 그렇지만 나는 그를 도와주었다. 나는 그가 자존심을 상하지 않으면서 이러한 잘못을 저지르지 않도록 조

---

*도도새_ 옛날 인도양 마스카린제도의 모리셔스 섬에 살았던 대형 조류. 키가 약 75cm, 몸무게 약 25kg. 날지 못하는 비둘기목의 새. 약 300년 전에 멸종되었음.

심했다. 나는 좋으면서도 놀란 척 아주 자연스럽게, 마치 어떤 정보 제공은 꿈조차 꾸지 않았다는 듯이,

"단언코 저게 도도새가 아니라면 이상할 거야!" 하고 외쳤다.

나는 설명하는 것처럼 보이지 않게끔 주의하면서 내가 어떻게 해서 그게 도도새인 줄 알았는지 그에게 이야기했다. 내 생각에 그는, 자기도 모르는 동물을 내가 알고 있어서 조금 감정이 상했을지도 모르지만, 나에게 감탄한 것만은 명백했다. 이 사실에 난 기분이 정말 좋았다. 뿌듯한 마음으로 잠들 때까지도 그 생각을 하면 기뻤다. 아무리 사소한 일이라도 그 일을 스스로 성취했다는 사실을 깨달았을 때, 우리는 행복할 수 있다.

목요일
Thursday＊

 내 첫 번째 슬픔.
 어제 그는 나를 피했고 내가 그에게 말을 걸지 않았으면 하고 바라는 것 같았다. 나는 믿을 수가 없었다. 어떤 오해가 있다고 생각했다. 나는 그와 함께 있는 게, 그의 이야기를 듣는 게 너무나 좋은데, 내가 그에게 아무런 잘못도 하지 않았는데, 어떻게 나한테 이렇게 매정할 수 있단 말인가? 그러나 결국 이것을 사실로써 받아들여야 할 것 같다.
 나는 우리가 창조되던 그 아침에 처음으로 그를 보았던 장소로 가서 혼자 앉았다. 그때만 해도 나는 그가 누구인지 몰랐고 무관심하기조차 했었다. 그런데 지금은 이곳이 슬픔의 장소가 되어, 하찮은 것 하나하나가 나에게 그에 대해서 이야기한다. 내 마음이 너무 아프다. 도대체 왜 이렇게 슬픈지 그 이유를 모르겠다. 일찍이 경험해 본 적 없는, 새로운 감정이었다. 정말 불가사의한 일이었다.

나는 어찌할 바를 몰랐다.

 밤이 되자 나는 더 이상 외로움을 참을 수 없었다. 그래서 그가 지은 새 거처로 갔다. 나는 내가 무슨 잘못을 했는지, 어떻게 하면 잘못을 고쳐서 그의 상냥한 마음을 되찾을 수 있는지, 그에게 물어볼 생각이었다. 그러나 그는 빗속으로 나를 내쫓았다.

 이 일은 나의 첫 번째 슬픔이었다.

일요일
Sunday*

　다시 즐거운 마음이다. 나는 행복하다. 지난 며칠은 힘들었지만 되도록 생각하지 않으려고 한다. 그에게 저 사과를 몇 개 따다 주려고 했지만, 도무지 똑바로 던지는 법을 배울 수가 없다. 나는 실패했지만 내 착한 의도만은 그를 기쁘게 할 것이라고 생각한다. 그 사과들은 금지된 것이어서, 그는 내가 불행에 처할 것이라고 말한다. 그렇지만 그를 기쁘게 해줄 수 있다면 불행 따위가 무슨 상관이랴?

월요일
Monday *

오늘 아침 나는 그에게 내 이름을 말해 주었다. 그가 내 이름에 흥미를 갖길 바라면서 말이다. 그러나 그는 전혀 관심이 없었다. 이상하다. 그가 나에게 자기 이름을 말해 주었다면 나는 관심을 가질 텐데 말이다. 그랬다면 그 이름은 이 세상의 어떤 소리보다도 내 귀를 즐겁게 했을 것이다.

그는 좀처럼 말을 하지 않는다. 아마도 자기가 영리하지 못하다는 것을, 스스로 민감하게 느끼기 때문에 그 사실을 감추고 싶어서 말을 안 하는지도 모르겠다. 그가 그렇게 생각한다면 유감스러운 일이다. 사실 총명함이란 아무것도 아니며 진정한 가치는 우리의 가슴 속에 있다. 사랑하는 착한 마음이 우리를 더욱더 풍요롭게 하며, 그러한 마음이 없는 지성은 가난에 지나지 않는다는 사실을 그에게 이해시킬 수 있으면 좋겠다.

그는 말수가 적기는 해도 꽤 상당한 어휘를 알고 있다.

오늘 아침 그는 깜짝 놀랄 만큼 아주 멋진 말을 했다. 나중에 두 번씩이나 같은 단어를 사용한 걸 보면, 틀림없이 그 자신도 자기가 한 말이 제법 훌륭하다는 것을 느낀 모양이다. 이는 우연의 산물은 아니고, 그가 뛰어난 자질의 인식력을 가지고 있다는 것을 보여준다. 잘 계발된다면, 반드시 그 잠재력의 씨앗은 성장할 수 있을 것이다.

 어디서 그가 그런 말을 알게 되었을까? 이제껏 나는 그런 말을 한 적이 없는데 말이다.

 그가 내 이름에 관심을 기울이지 않는 것에, 나는 실망감을 감추려고 애썼다. 하지만 제대로 감추지 못한 것 같다. 그래서 이끼 낀 둑으로 가서 두 발을 물속에 담근 채 앉아 있었다. 그 장소는 내가 서로 마주보며 이야기할 친구가 그리울 때면 늘 찾아가는 곳이다. 물속에 그려지는 사랑스럽고 하얀 육체는 내 소망을 충분히 만족시키지는 못하지만, 지독한 외로움보다는 어쨌든 훨씬 낫

다. 내가 말을 하면 물그림자도 똑같이 말을 하고, 내가 슬퍼하면 그녀도 똑같이 슬퍼한다. 그녀는 연민을 품고 나를 위로한다. 그리고 이렇게 속삭인다.

"용기를 잃지 마려무나. 친구가 없는 가엾은 소녀야, 내가 네 친구가 되어줄게."

그녀는 나에게 더없이 좋은 친구다. 내 유일한 친구이며, 내 자매다. 그런데 처음으로 그녀가 나를 저버렸다! 나는 결코 오늘을 잊지 못할 것이다. 결코, 결코 말이다. 내 몸 속의 심장은 납덩어리가 된 거 같았다!

"그녀는 내 전부였는데, 그녀가 떠나다니!" 절망에 싸여 나는 말했다.

"심장이 터질 거, 터질 거 같아. 더 이상 내 삶을 견뎌내지 못할 거야!"

나는 두 손으로 얼굴을 덮었지만 아무런 위안도 되지 않았다. 그런데 잠시 후 내가 얼굴에서 손을 떼어냈을

때, 그녀가 다시 나타났다. 하얗고 찬란하며 사랑스러운 그녀가 다시 나타난 것이다. 나는 두 팔을 벌린 그녀의 품속으로 뛰어들었다! 완벽한 행복이었다. 나는 전에도 행복을 느꼈었지만 이처럼 행복하지는 않았다. 이는 곧 황홀 그 자체였다. 이따금씩 그녀는 어딘가로 떠나곤 했다. 한 시간이나, 온종일 자리를 비울 때도 있었지만 나는 그녀를 기다렸다. 그녀를 기다리면서 "그녀는 바쁜 거야. 어쩌면 여행을 갔을지도 몰라. 그렇지만 돌아올 거야." 이렇게 말하며 나는 아무런 의심도 하지 않았다. 그리고 내 말처럼 그녀는 항상 돌아왔다.

그런데 그녀는 겁이 많아서 깜깜한 밤이 되면 나타나지 않았다. 그렇지만 달이 뜨면 그녀도 찾아왔다. 나는 어둠이 두렵지 않지만 그녀는 내 뒤에 태어났기에 나보다 어려서 무서움이 많다. 나는 자주자주 그녀를 찾아간다. 내 삶이 힘들 때 그녀는 나의 위안이고, 나의 은신처가 되어주기 때문이다.

화요일
Tuesday*

 오전 내내 토지 가꾸는 일을 했다. 그가 외로움을 느껴 나를 찾아오길 바라며 일부러 그에게서 멀리 떨어져 있었다. 그런데 그는 오지 않았다.

 정오에 나는 오늘 일을 중단하고, 벌과 나비와 더불어 훨훨 뛰어다니며 꽃을 즐기고 놀았다. 꽃은 하늘로부터 하느님의 미소를 받아서 그 미소를 머금고 있는 아름다운 피조물이다!

 나는 꽃들을 따서 화관과 꽃목걸이를 만들어 몸에 둘렀다. 그리고 점심을 먹었다. 물론 사과였다. 그런 다음 그늘에 앉아 그가 오기를 바라면서 기다렸다. 그렇지만 그는 오지 않았다. 나는 아무렇지도 않다. 그는 꽃을 좋아하지 않으니 여기 올 까닭이 없다. 그는 꽃을 쓸데없다고 하면서 어떤 한 꽃과 다른 꽃을 구별하지 못한다. 게다가 자기의 그런 생각에 우월감마저 갖고 있다. 그는 나를 좋아하지 않는다. 꽃도 좋아하지 않는다. 해질 무렵

그림 같은 저녁놀도 좋아하지 않는다. 그렇다면 도대체 그는 무엇에 관심이 있단 말인가? 상쾌하고 깨끗한 비를 피해 자신을 가둘 오두막을 짓고, 멜론을 쿵쿵 치거나 포도를 시식하는 것, 그리고 얼마나 잘 익었는지 알아보기 위해 나무 열매를 만져보는 것 이외에 과연 그는 무엇을 좋아한단 말인가?

금요일
Friday*

　그를 보지 못한 채 화요일, 수요일, 목요일 벌써 사흘이 지나갔다. 사흘은 혼자서 지내기에는 긴 시간이다. 그러나 환영받지 못하는 것보다는 차라리 혼자 있는 편이 더 좋다. 하지만 나는 친구가 필요했다. 그래서 동물들과 사귀었다. 동물들은 아주 매력적이고 다정하며 공손하다. 그들은 결코 싫은 표정을 보이지 않으며, 누구에게라도 그들을 방해한다는 느낌을 안 갖게 한다. 그들은 미소를 짓고 꼬리가 있다면 꼬리를 흔들어준다. 그리고 언제라도 뛰어놀거나 소풍 갈 준비가 되어 있으며, 뭘 하자고 어떤 제안을 하든 기꺼이 들어준다. 나는 그들이 완벽한 신사라고 생각한다. 요즈음 우리는 더없이 멋진 시간을 보내고 있다. 나는 이제 전혀 외롭지 않다. 외로움이라고! 말도 안 되는 소리다. 왜냐하면 나는 항상 한 무리의 동물들로 둘러싸여 있기 때문이다. 때로는 셀 수 없이 많은 동물들이 하도 북적거려서 그들 한가운데 있는 바위 위에 올라서서 주위를 둘러보면 사방이 온통 모피 천지이고,

얼룩덜룩한 무늬들이 다채로운 빛깔과 광채, 햇살의 반짝거림으로 출렁거리는데다 잔물결까지 일어 호수라고 생각할 정도다. 그런데 호수가 다는 아니다. 군무群舞를 이룬 새들의 폭풍이 있고 휙휙 돌아가는 새들의 허리케인도 있다. 햇살이 한바탕 그 깃털의 소동을 치게 되면 생각할 수 있는 모든 색깔들이 일시에 번쩍거려서 눈이 멀어버릴지도 모른다.

 우리는 몇 차례 긴 소풍을 다녀왔고, 나는 거의 온 세상을 다 구경했다고 믿는다. 그러니까 나는 최초이자 유일한 여행자인 셈이다. 죽 늘어서 우리가 행진할 때 그 모습은 어디에서도 볼 수 없는 장관을 이루었다. 나는 편안하게 가고 싶을 때는 호랑이나 표범을 탔다. 그들은 촉감이 부드럽고, 둥근 등이 나에게 꼭 맞았기 때문이다. 또 그들은 아주 멋지게 생겼다. 하지만 먼 거리를 가거나 주위 풍경이 보고 싶을 땐 코끼리를 올라탔다. 코끼리는 긴 코로 나를 감아 들어올려서 등에 태운다. 내려올 때는 혼자서도 내려올 수 있다. 야영할 준비가 되었을 때 코끼리가 앉으면 그 등을 타고 미끄러져 내려온다.

　새들과 짐승들은 모두 서로 사이가 좋다. 결코 다투는 일이 없다. 그리고 모두 말을 할 줄 알고 나에게도 말을 건넨다. 그렇지만 그들이 하는 말은 낯선 언어임이 틀림없다. 나는 한마디도 알아들을 수 없으니 말이다. 하지만 그들은 내가 하는 말을 종종 알아듣는다. 특히 개와 코끼리가 그렇다. 나는 그 점을 부끄럽게 여긴다. 말하자면 그들이 나보다 더 영리하다는 것인데, 그러니까 나보다 우월하다는 얘기가 된다. 이런 생각은 나를 괴롭힌다. 왜냐하면 나는 스스로 최고의 피조물이 되기를 바라고 또 그렇게 되고자 작정했기 때문이다.

　그동안 많은 것을 배웠다. 처음엔 그렇지 않았다. 나는 아무것도 몰랐다. 예전에 나는 물이 산 위쪽으로 거슬러

올라가는 모습을 보기 위해 온 주의를 기울이며 물가를 서성거릴 정도로 영리하지 못했었다. 처음엔 이런 내 무지함 때문에 얼마나 짜증이 났었는지 모른다. 그러나 지금은 그런 것에 고심하지 않는다. 나는 실험하고 또 실험해서, 마침내 물은 산 위쪽으로 결코 거꾸로 흘러가지 않는다는 사실을 알게 되었다. 이제 나는 물이 깜깜한 어둠 속에서만 그렇게 흐른다는 사실을 알게 되었다. 그것은 연못이 절대 마르는 일이 없는 걸 보면 알 수 있다. 만약 밤중에 물이 위쪽으로 되돌아가지 않는다면 당연히 연못은 마르게 되었을 것이다.

실제 실험을 통해서 문제를 증명하는 것이 최선의 방법이다. 그렇게 해야만 제대로 알 수 있다. 그렇지 않고 추측하고 상상하고 짐작하기만 한다면 아무것도 배우지 못할 것이다.

그런데 어떤 문제들은 아무리 실험해도 결코 밝혀낼 수

없다. 그저 추측하고 상상하기만 한다면 이 사실마저도 알아낼 수 없다. 그러니까 해결 불가의 문제라는 것을 알아낼 때까지 인내심을 갖고 계속 실험해야만 한다. 이런 식으로 문제를 하나하나 풀어간다는 것은 매우 유쾌한 일이며 세상을 더욱 흥미진진하게 만드는 일이다. 아무것도 더 이상 알아내야 할 것이 없다면 세상은 무척 재미없을 것이다. 밝혀내려고 아무리 노력해도 알아내지 못한 것은 열심히 노력해서 문제를 해결한 것만큼이나 재미있는 일이다. 그보다 더 흥미로운 일을 나는 알지 못한다.

물의 신비를 풀 때까지 그 문제는 나에게 하나의 보물이었다. 그 문제가 해결되었을 때 모든 흥분이 사라졌다. 나는 상실감마저 느끼게 되었다.

실험을 통해 나는 나무와 마른 잎과 깃털 등 대부분의 것들이 물 위에 뜬다는 사실을 이해하게 되었다. 따라서 그 증거물이 점점 늘어나는 것을 보면, 바위도 물 위에

뜨리라는 것을 알 수 있다. 하지만 지금으로선 그 일을 증명할 어떤 방법도 없기 때문에 다만 그러리라고 아는 것에 만족해야 한다. 그렇지만 언젠가는 그 방법을 찾아내리라. 문제가 해결되고 나면 흥분도 사라지겠지. 이런 생각은 나를 상심하게 한다. 이윽고 내가 모든 일을 다 알게 되었을 때는 더 이상 어떠한 흥분도 남아 있지 않을 테니까 말이다. 나는 이러한 흥분을 정말 좋아한다. 지난밤에도 이런 생각을 하느라 잠들 수 없었다.

처음에 나는 내가 무엇을 위해 존재하는지 이해할 수 없었다. 이제 나는 내가 이 경이로운 세계의 신비를 찾아내고, 행복하게 살면서 이 모든 것을 창조하신 하느님에게 감사하기 위해서라고 믿고 있다. 나는 아직도 배워야 할 것이 많다고 생각한다. 또 그렇게 바란다. 시간을 낭비하지 않고 너무 급하게 서두르지 않는다면 몇 주일이 지나도 배울 것이 남아 있으리라 믿는다. 또 그러길 희망한다.

원죄原罪 이후

돌이켜 보면 나에게 에덴동산은 꿈만 같다. 그곳은 이루 형언할 수 없을 정도로 빼어나게 아름답고 황홀했다. 이제는 그곳을 잃어버렸다. 나는 다시는 그곳을 보지 못할 것이다.

낙원은 잃었지만, 나는 그를 찾았고 이에 만족한다. 그는 최선을 다해 나를 사랑한다. 나 또한 내 정열적인 본성의 온 힘을 기울여 그를 사랑한다. 그러는 게 내 젊음과 여성성에는 마땅한 일이라고 믿는다. 내가 왜 그를 사랑하는지 스스로 물어보면 도무지 나는 그 이유를 모르겠고, 정말이지 굳이 알고 싶지도 않다. 그래서 난 이런 종류의 사랑은 다른 파충류나 동물들에 대한 사랑처럼 이성의 산물도, 통계의 산물도 아니라고 생각한다. 나는 이 사랑은 그렇게 될 수밖에 없는 필연이라고 믿는다. 나는 새들이 아름답게 노래를 부르기 때문에 새들을 사랑한다. 그러나 나는 아담의 노래 때문에 그를 사랑하는 것은 아니다. 결코, 그것은 아니다. 그가 노래를 부르면 부를수록 나는 더욱더 그 노래를 견딜 수 없게 된다. 그럼에도 나는 그에게 노래 부르기를 청한다. 그가 흥미를 갖고 있는 것이라면 어떤 것이든 나도 좋아할 수 있는 마음가짐을 배우고 싶기 때문이다. 그 마음가짐을 나는 배울 수 있을 거라 확신한다. 왜냐하면 처음에는 그의 노래를 참지 못했는데, 이제는 견뎌낼 수 있기 때문이다. 그의 노래는 우유를 쉬게 할 정도로 이상하지만, 아무래도 상관없다. 나는 그런 우유에도 익숙해질 것이다.

내가 그를 사랑하는 것은 결코 그의 총명함 때문도 아니다. 결코, 그것은 아니다. 사실 그가 똑똑하지 않다고, 그를 비난할 수는 없다. 그는 하느님이 창조하신 그대로이며 그 자신을 스스로 창조한 것은 아니기 때문이다. 그거면 충분하다. 내가 알기로, 하느님은 어떤 현명한 목적이 있어서 그에게 그 이상의 지혜를 주시지 않았을

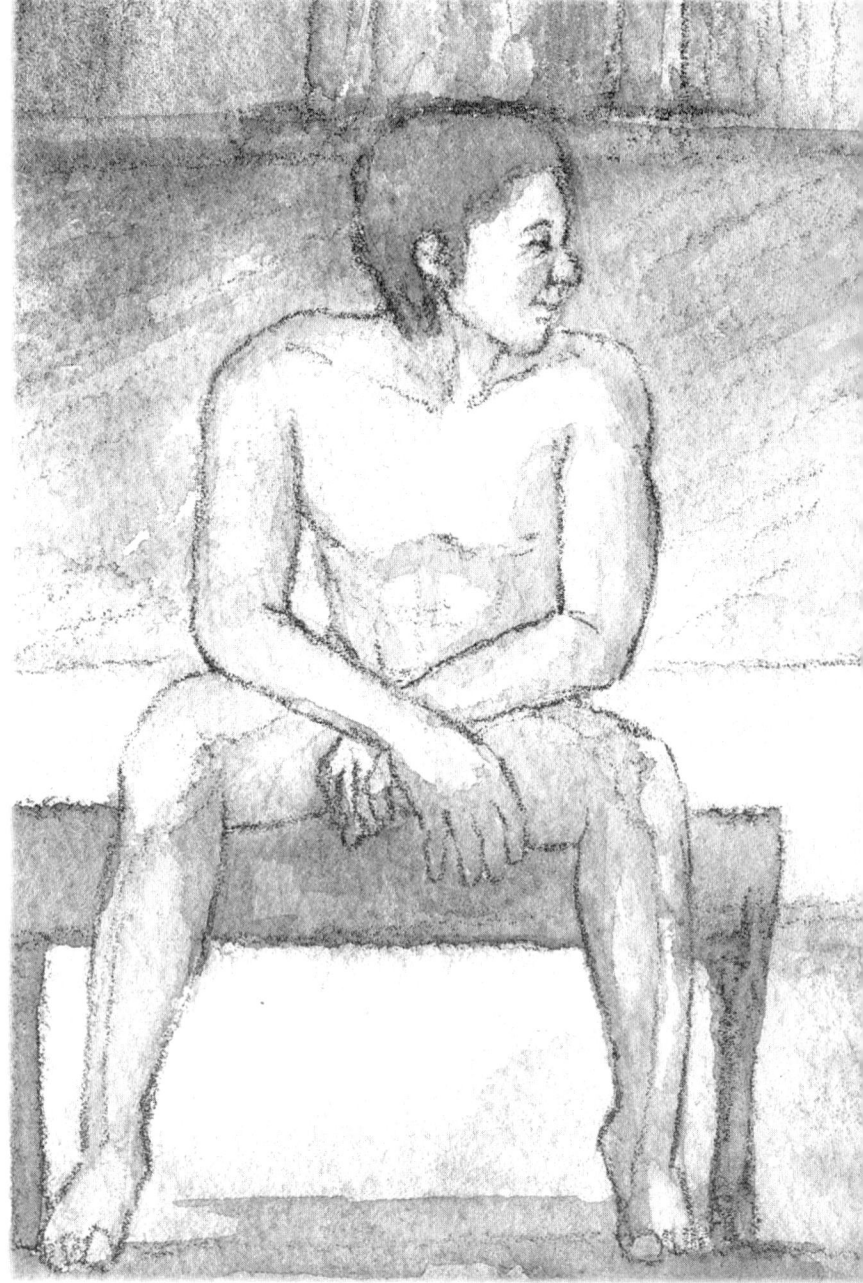

것이다. 적당한 때가 오면 그 이유가 밝혀질 테고, 갑자기 드러날 일도 없을 테니, 그건 서두를 필요가 없다. 나는 있는 그대로의 그이면 족하다.

내가 그를 사랑하는 것은 그가 친절하고 사려 깊은 태도와 세심한 마음씨를 갖고 있어서도 아니다. 오히려 그는 이런 면에서는 부족한 점이 많다. 그러나 내게는 있는 그대로의 그로서 충분하다. 게다가 그는 더욱더 좋아지고 있다.

내가 그를 사랑하는 것은 그의 부지런함 때문도 아니다. 그건 결코 아니다. 나는 그가 부지런한 품성을 지니고 있다고 여긴다. 그런데 나는 그가 왜 그 품성을 나에게 숨기는 것인지 그 이유를 모르겠다. 이 점이 나의 유일한 고통이다. 다른 모든 점에서는 그는 나한테 솔직하고 마음이 열려 있다. 이것만 제외하고 그가 나한테 감추고 있는 비밀이란 아무것도 없다. 내가 모르는 비밀을 그가 갖고 있다는 사실이 나를 슬프게 한다. 어쩔 땐 그 생각만 하면 잠을 설친다. 그렇지만 나는 그런 생각을 내 마음에서 내쫓아버릴 것이다. 그렇게 되면 내 행복을 어지럽히는 일이란 없을 것이다. 이런 생각만 하지 않는다면 가득 차서 흘러넘칠 만큼 행복을 느낄 것이다.

내가 그를 사랑하는 것은 그의 기사도 정신 때문이 아니다. 결코, 그건 아니다. 그는 나를 고자질했지만 나는 그를 나무라지 않는다. 내 생각에 그것은 그의 남성성이 가지는 특성인 것 같다. 그가 자기 성별을 결정한 것도 아니잖은가. 물론 나라면 그를 고자질하지 않았을 것이다. 우리 중에 누가 죽어야 한다면 내가 먼저 죽으려 했을 것이다. 하지만 이것 역시 내 여성성이 가지는 특성이므로, 이것을 내 자랑거리로 삼지 않으련다. 내가 내 성별을 결정한 것도 아니니까.

그렇다면 나는 왜 그를 사랑하는 것일까? 내 생각에 그

것은 '단지 그가 남성이기 때문'이다.

그는 본성이 착한 사람이다. 그래서 나는 그를 사랑한다. 그가 착하지 않았어도 나는 그를 사랑했을 것이다. 설사 그가 나를 때리고 학대했더라도 나는 여전히 그를 사랑했을 거라는 사실을, 나는 안다.

그는 힘도 세고 잘생겼다. 그래서 나는 그를 사랑하고 칭찬하며 자랑스러워한다. 그러나 설사 그가 병들고 비참한 몰골이 되었다 해도 나는 그를 사랑했을 것이다. 나는 그를 위해 일하고, 그를 위해 헌신하며, 그를 위해 기도했을 것이다. 그리고 내가 죽을 때까지 그의 곁에서 그를 돌보았을 것이다.

그러므로 나는 그가 '내 것'이고 '남성'이라는 단지 그 이유 때문에 그를 사랑한다. 나는 다른 이유를 찾아낼 수 없다. 내가 앞서 말한 것처럼 이 사랑은 이성과 통계의 산물이 아니다. 아무도 사랑이 어디에서 오는지 모르지만,

사랑은 그저 다가오는 것이며 설명이 불가능하다. 그리고 설명할 필요도 없다.

  이것이 사랑에 대한 내 생각이다. 그런데 나는 이 문제에 대하여 최초로 심사숙고해 본 한 여자에 불과하다. 따라서 나의 무지와 경험 부족 때문에 사랑을 잘못 이해했었다는 사실이 밝혀질는지도 모른다.

그로부터 사십 년 뒤
Forty years later*

부디 우리 두 사람이 함께 이 세상을 떠날 수 있게 해달라는 것이, 나의 기도이자 나의 바람이다. 이 소망은 이 세상에서 결코 사라지지 않고 모든 사랑하는 아내들의 가슴 속에 영원히 살아 있을 것이다. 시간의 종말이 올 때까지. 그리고 이러한 소망은 나의 이름으로 불릴 것이다.

하지만 만약 우리 중 한 사람이 먼저 세상을 떠나야만 한다면, 내가 먼저 가게 해달라고 기도한다. 그는 강하고 나는 약하기 때문이다. 나에게 그가 없어서는 안 되는 것처럼 그는 나를 그렇게 꼭 필요로 하지는 않는다. 그가 없는 삶이란 내게는 이미 삶이 아니다. 이 기도 또한 불멸할 것이며 내 자손이 존속하는 한 끊임없이 하느님에게 바쳐질 것이다. 나는 최초의 아내이며, 이 세상 최후의 아내에 있어서도 나는 반복되리라.

이브의 무덤에 새긴
아담의 비문

그녀가 어디에 있었든,
그곳이 바로 낙원이었노라

Wheresoever she was,
there was Eden.

작품 소개*

에덴동산에서 아담과 이브가 맨 처음 서로 만났을 때, 그들은 과연 무슨 생각을 했었을까? 첫눈에 서로 반했다고 생각한다면 그것은 천진난만하기보다는 오히려 단순하기 그지없는 상상력일 것이다.

이브의 눈에 아담은 지저분한 머리의 멍청한 게으름뱅이로 보였고, 아담에게 이브는 지나치게 자신을 귀찮게 하는 수다쟁이의 모습이었다. 처음엔 싫어했던 사람이, 그 이유가 실은 스스로 몰랐던 사랑에서 비롯함을 아담과 이브가 점차 깨달아가는 과정은 우리시대 젊은 남녀의 연애와 크게 다르지 않다.

마크 트웨인 특유의 해학과 유머가 곳곳에 녹아 있는 이 작품은 서양에서 신성시 여겨왔던 성경 창세기에 대한 최초의 풍자소설이다. 천지창조와 인류의 시조인 아담과 이브를 신화적 관점이 아닌 지극히 인간적인 관점에서 재해석한다. 작가의 재치 발랄한 상상력은 에덴동산을 전복

한다. 즉, 불가침의 성역이란 외피를 말끔히 걷어내고 세속적인 공간으로 탈바꿈한다. 여기에서 펼쳐지는 남녀의 사랑이야기는 시종 흐뭇한 웃음을 자아낸다. 마치 그 옛날 창호지에 손가락구멍을 내고 신혼 첫날밤을 엿보는 듯한 관음적이고도 낭만적인 즐거움마저 있다.

남자와 여자, 각 성에 고유한 본질적으로 서로 다른 심리상태를 경쾌한 언어로 묘사한 이 작품은 동서고금을 초월하여 원초적 남녀문제에 관한 어떤 기본형을 보여주고 있다. 그것은 사랑의 힘에 대한 긍정이다. 에덴동산에서 추방당한 아담은 말한다. "그녀 없이 낙원 안에서 살기보다는, 차라리 낙원 밖에서 그녀와 함께 사는 편이 더 좋다"고. 이브도 "나는 왜 그를 사랑하는 것일까?" 하는 자문에 "나는 그가 '내 것'이고 '남성'이라는 단지 그 이유 때문에 그를 사랑한다. 나는 다른 이유를 찾아낼 수 없다. 이 사랑은 이성과 통계의 산물이 아니다. 아무도 사랑이

어디에서 오는지 모르지만, 사랑은 그저 다가오는 것이며 설명이 불가능하다. 그리고 설명할 필요도 없다."고 결론을 내린다.

마크 트레인은 출판업, 자동식자기 투자 등 잇따른 사업과 투자 실패로 인한 말년의 경제적 고통 속에서 병으로 죽어가는 아내를 위로하기 위하여 이 작품을 썼다고 한다. 궁핍한 현실의 불행과 병든 아내를 지켜보는 정신적 고통을 그는 역설적인 유머와 따뜻한 인간애로 극복하고자 한 것 같다.

이 작품(원제: The Diaries of Adam and Eve)의 초고는 1890년에 출판된 것이다. 이 작품의 원전은 명확하지 않다. 1897년 부분적인 수정을 거쳐 런던에서 《톰 소여의 모험》 속에 재수록된 이래 몇 차례 다른 곳에서 출간되었다. 이 책에서는 두 개의 판본 〈Extracts from Adam's Diary〉와 〈Extracts from Eve's Diary〉을 바탕으로 현대 취향에 맞게 편집을 재구성한 것이므로 영어 원문과 몇 군데 내용상, 편집 구성상 차이가 있음을 밝힌다.